TOD DURCH KREUZSTICH

INVICTICON

Originalausgabe, erschienen 2022
1. Auflage

ISBN: 978-3-96937-106-0

Coverdesign: © Marta Jakubowska, LEGIONARION Verlag
Umschlagmotiv: © shutterstock 2214029819 / 2200158049 / 2202970705 / 1901272939
Kapitelbild + Trenner: © shutterstock 1901272939

Druck: AKT AG, FL-9497 Triesenberg (AgenTisk Huter d.o.o)

Bibliografische Information der Deutschen Nationalbibliothek:
Die Deutsche Nationalbibliothek verzeichnet diese Publikation in der
Deutschen Nationalbibliografie;
detaillierte bibliografische Daten sind im Internet über
http://dnb.d-nb.de abrufbar.

UTA PFÜTZNER

TOD DURCH KREUZSTICH

Die Hexe vom Butterberg

Das Buch

Bischofswerda, im Juni 1578 – Die Kräuterfrau Grete Böttcher wird unschuldig der Hexerei bezichtigt und gefangengenommen. Als sie auf dem Scheiterhaufen verbrannt wird, verflucht sie den apostolischen Präfekten und seine Schergen, dass deren Tat eines Tages gerächt wird.

Bischofswerda, im Juni 2018 – Margarete Windrich zieht nach ihrer Scheidung in die frühere Kreisstadt. Ihr Leben verläuft in ruhigen Bahnen, bis ihr eine seltsame Nervenkrankheit zu schaffen macht. Außerdem geschehen mysteriöse Todesfälle in ihrer neuen Heimat. Zusammen mit ihrer Nachbarin macht sie eine furchtbare Entdeckung …

Prolog

Es war still im Wald zu Werda. Viel zu still, wenn man bedachte, dass der beginnende Morgen gewöhnlich vom fröhlichen Gezwitscher der Singvögel begleitet wurde. Doch nicht einmal ein Kuckuck ließ seinen lauschigen Gesang vernehmen.

Die Kräuterfrau Grete Böttcher ahnte Schlimmes, zumal sie plötzlich in der Ferne das laute Gebell einer Hundemeute hörte. Dennoch begann sie ihr Tagwerk wie gewohnt, nämlich mit dem Füttern des Viehs. Anschließend würde sie zur Quelle laufen, um zwei Eimer frischen Wassers zu holen. Einen eigenen Brunnen besaß sie nicht.

Just in dem Moment, als sie die Eimer am Tragholz befestigen wollte, warnte sie ein empört krächzender Eichelhäher vor unangemeldeten Besuchern. Dabei gab es hier in ihrem schützenden Refugium kaum Wild, das eine größere Treibjagd gelohnt hätte. Die wenigen Rehe und Hasen versteckten sich beim ersten Anzeichen von Gefahr schnellstens im undurchdringlichen Dickicht.

Außerdem weilte Seine Hoheit der Kurfürst von Sachsen zu dieser Jahreszeit nie in dem kleinen Marktflecken, der unterhalb des Berges lag. Zu unbedeutend galt das Städtchen in den Augen des hohen Herren, da es im Vergleich zu seinen sonstigen Sitzen nur wenige Ausschweifungen zu bieten hatte. Es waren demnach auch keine Jäger, die sich näherten, sondern die bewaffneten Häscher des Präfekten – und sie kamen ihretwegen.

Seit über sechzehn Jahren lebte Grete nun schon zurückgezogen in einer einfachen Baude, die sich eng an den Hang schmiegte. Das halbhohe Nebengelass beherbergte zwei alte Ziegen und ein paar Hühner, die Grete mehr aus Liebe denn zu ihrem wirtschaftlichen Nutzen unterhielt. Es gab nicht viel in der Abgeschiedenheit, das es zu besitzen lohnte.

Inmitten von dicht gewachsenen Schösslingen und wilden Büschen brachte sie denn auch ihr einziges Kind zur Welt und zog es allein groß. Der dazugehörige Vater, Gretes große Liebe, diente seinerzeit auf dem Rittergut im Tal als Stallmeister. Leider verstarb er viel zu jung. Ein wild gewordenes Pferd, ausgerechnet das erklärte Lieblingstier des Gutsherren, wurde ihm zum Verhängnis.

Während des Aufzäumens erschrak sich der fuchsfarbene Hengst, stieg unversehens empor und traf dabei den armen Weinhold mit dem Vorderhuf direkt am Kopf. Mit eingetretenem Schädel verblutete er im Stroh. Niemand bemerkte es, sodass ihm auch keinerlei Hilfe zuteilwurde. Erst einen Tag später sandte man ihr einen Boten mit der Nachricht von seinem Tod.

Das alles geschah jedoch kurz vor der Geburt der gemeinsamen Tochter, und von da an war Grete einzig auf sich gestellt. Nicht, dass es ihr an entsprechenden Angeboten gemangelt hätte, oh nein! Selbst als Witwe war sie eine begehrenswerte und darüber hinaus wunderschöne Frau. Ihr langes dunkles Haar umspielte das anmutige Gesicht mit sanften Locken und wallte über die schmalen Schultern bis hinunter zu den Hüften.

Auch Gretes Figur hatte durch die Schwangerschaft nicht gelitten, im Gegenteil. Ihre gefälligen Rundungen traten nun umso deutlicher hervor, füllten das Mieder wonnig aus und sorgten oft genug für anerkennende Blicke beim Mannsvolk. Mancher sprach sie sogar direkt an und bat um ein vergnügliches Stelldichein, doch sie lehnte jeden ab, der um ihre Gunst warb. Die Trauer um ihren verstorbenen Weinhold gärte viel zu tief in ihrem Herzen, als dass sie sich willens sah, einen Anderen in ihre Nähe zu lassen.

Für einen Augenblick bedauerte sie es, nie einen der mehr oder weniger freundlich vorgebrachten Anträge angenommen zu haben. Gerade jetzt, da sich eine ernsthafte Bedrohung für sie und das Kind abzeichnete, hätte sie wirklich einen resoluten Kerl zur Verteidigung gebraucht. Andererseits gab es unter den Anwärtern keinen Einzigen, der dem so innig geliebten Weinhold je hätte das Wasser reichen können. Nicht in körperlicher Stärke, nicht in seiner Ehrhaftigkeit und ganz sicher nicht in der ungeheuren Willenskraft, die er an den Tag legte, um seinem Weib ein sicheres Leben zu ermöglichen.

Angewidert verzog sie den Mund ob der nahenden Hatz und rief ihre arglose Tochter zu sich, die soeben mit einem Arm voll Feuerholz aus dem Walde kam.

»Irmgard, eile dich und nimm dein Bündel, rasch! Du musst gehen, Kind. Sie wollen mich holen!«

»Aber Mutter, ich kann dich jetzt doch nicht alleine lassen.«

»Oh doch, du kannst, mein Herzlieb, und du wirst! Tu, was ich dir sage!«, unterbrach Grete harsch den Einwand, obwohl ihr selbst bange war. »Versteck dich bei den Felsen und warte dort, bis die Halunken verschwunden sind. Dann wende deinen Schritt nach Süden ins Zittauische zu meinem Bruder Jockel, wie wir es besprochen haben. Er wird dir Obdach geben. Und nun lauf, mein Irmchen! Lauf, so schnell du nur kannst, und blicke nicht zurück. Gott sei mit dir.«

Mit diesen Worten schob sie ihrem Kind noch schnell ein verschlossenes Beutelchen aus grober Sackleinewand in die Rocktasche.

»Hüte es gut. Du weißt, was damit zu tun ist. So lange du nur darauf achtgibst, kann mir nichts Arges geschehen, das weißt du«, raunte sie dem verängstigten Mädchen zu und hauchte ihr einen letzten Kuss auf die Stirn.

»Meine Liebe wird dich begleiten, wo immer du auch bist. Geh, mein Kind, und mach dir das Herz nicht schwer. Nicht wegen mir! Ich habe mein Lebtag lang geahnt, dass es eines Tages so kommen würde.«

Das Mädchen eilte weinend in die Baude, griff sich einen Umhang und verließ das kleine Anwesen. Als das dichte Grün des Waldes ihre zarte Gestalt verschluckt hatte, hörte Grete bereits, wie die wütenden Stimmen der Männer durch die Bäume schallten.

»Die Hütte muss in der Nähe sein! Lasst den Hunden freien Lauf und ergreift die garstige Hexe!«, schrie einer von ihnen.

In Erwartung dessen, was unausweichlich geschehen würde, ballte Grete die Fäuste. Sie lächelte grimmig und stellte sich mit hoch erhobenem Kopf auf den schmalen Weg vor ihrem Häuschen. Ihre Absicht war es, die nahenden Angreifer zumindest so lange aufzuhalten, bis Irmgard sich selbst und das Wertvollste aus ihrem Besitz in Sicherheit bringen konnte.

Kapitel 1

Werda, im Juni anno 1578 nach der Geburt Jesu

»Gestehe endlich, du verdorbenes Weibsbild! Gestehe, dass du mit dem Teufel im Bunde bist! Nur so kann dir im Namen Christi vergeben werden. Je länger du dich einem Geständnis verweigerst, desto länger wirst du gemartert. Also sag uns sofort die Wahrheit: Bist du eine Hexe?«

Der katholische Pfarrer Kleinhans sprach mit sonorer Stimme, äußerlich völlig unbeeindruckt vom reinweg infernalischen Gebrüll seiner uneinsichtigen Delinquentin. Im Inneren aber kochte seine abartige Lust ebenso hoch wie seine Abscheu, die er sowohl vor der Gefangenen als auch vor sich selbst empfand.

»Nein, nein, NEIN!«, kreischte Grete verzweifelt.

Sie hing an eisernen Ketten von der Decke des Folterkellers herab. Ihr Kleid bestand nurmehr aus schmuddeligen Fetzen. Man hatte ihr mit groben Händen das Mieder zerrissen, ebenso den Rock und das lange Unterhemd. Von dem ursprünglich hellgrünen Leinen war kaum noch etwas zu erkennen. Alles starrte vor Schmutz und ihrem Blut.

Kleinhans krallte seine Finger hart in ihre nackten Brüste und zerrte daran, als wollte er sie von ihrem Körper reißen. Um Grete zusätzliche Pein und sich selbst noch etwas mehr von dem köstlichen Genuss zu verschaffen, bohrte er die Fingernägel gerade lang genug in die zarte Haut, um kein unnötiges Aufsehen zu erregen. Auf diese Art ließ er seine schrecklichen Gelüste wie eine weitere Verhörmaßnahme aussehen.

Lediglich die vor Bosheit und verbotener Gier blitzenden Augen verrieten, dass es sich um weit mehr als das handelte. Nur gut, dass man unter dem weiten Rock seiner schwarzen Soutane nicht sah, wie sehr es ihn befriedigte, die Wonnehügel einer ihm ausgelieferten und wehrlosen Frau zu malträtieren. Der stattliche Bauchansatz, der seine Leibesmitte zierte, verbarg die wohlige Härte seines Gemächts ebenfalls vortrefflich.

Ausgerechnet in dieser Woche befand sich Seine Erhabenheit Präfekt Johann Leisentrit persönlich in der Stadt. Dieser hatte die Inhaftierung Grete Böttchers im Namen des Bistums zu Meißen angeordnet. Nichts konnte der Pfarrer weniger gebrauchen, als sich von ihm eine hochnotpeinliche Erinnerung an die vor Gott dem Herrn beschworene und selbst gewählte sexuelle Enthaltsamkeit anzuhören. So blieb es besser im Verborgenen, was Kleinhans mit Vorliebe tat.

Ihn trieb der unendliche Hass auf seine eigene Mutter, und er förderte das Schlimmste in ihm zu Tage. Eine sittenlose Hure aus dem Meißner Land war sie, die sich abseits aller guten Häuser herumtrieb und jedem Manne ihren geheimen Garten darbot, der dafür bezahlen wollte. Allein wenn er daran dachte, in welch schmierigen Gegenden sie sich verlustierte und dass sein Vater womöglich irgendein trunkener Dienstbote gewesen sein könnte, schnürte es ihm vor Zorn die Kehle zu.

Als Knabe von etwa acht Jahren ging er eines Abends auf die Suche nach ihr, weil die Tür zu ihrem Heim verschlossen war. Hungrig und frierend drückte er sich in den von Kot und anderem Unrat verdreckten Gassen herum, in denen er sie zu finden hoffte. Die Sonne stand schon tief im Westen, als das Furchtbare geschah, das sich tief in sein unschuldiges Kinderherz einbrannte.

Er ertappte sie dabei, wie sie an der Stadtmauer stehend ihre Röcke hob und sich ohne jede Scham vom tumben Sohn des

Schlachters zwischen den Beinen befingern ließ. Nie wieder würde er vergessen, welchen Blick sie dem feisten Kerl zuwarf, wie sie albern lachte und ihm in aller Öffentlichkeit den Hosenlatz öffnete. Zu Tode erschrocken rannte er davon, suchte sich ein Nachtlager in den Stallungen eines Wirtshauses und weinte sich dort in den Schlaf.

Ja, er hasste sie dafür, und mit ihr alles Weibliche! Umso lieber begleitete Kleinhans Verhöre wie das Heutige, mit einer wohlgeformten Frau, in Ketten liegend und zur Gänze seinem Willen ausgeliefert. Hier konnte er seine unterschwelligen Rachegefühle gleichsam ausleben, ohne Gefahr zu laufen, das heilige Gelübde Lügen zu strafen. Was machte es schon, dass er nicht allein mit der Gefangenen war? Den anwesenden Zeugen gestand er nicht einmal ein Mindestmaß an Sachverstand zu.

Diese teigig-bleichen Speckfratzen, übersättigt durch Sorglosigkeit und Völlerei, kannten doch kaum den Unterschied zwischen einer ordnungsgemäßen Verhaftung und dem, was Grete Böttcher am Tag zuvor widerfuhr. Einer ordnete gerade mit stoischer Akribie seine Rockfalten, während der Andere sich gelangweilt am Arsche kratzte und gleich darauf in der vom jahrelangen Suff feuerroten Nase bohrte! Woher sollten sie also wissen, was sich üblicherweise während einer Befragung abspielte? Zumal es eine vom Präfekten angeordnete Pflicht und keineswegs ein selbst gewünschtes Vergnügen war, an jenem heißen Junitag der inquisitorischen Folterung Gretes als städtische Zeugen beizuwohnen.

Letztendlich verstand der Pfarrer es als seine Aufgabe, ein umfassendes Geständnis aufzunehmen und die Hexe ihrer gerechten Strafe zuzuführen. Demnach bestimmte er allein, was im Kellergewölbe unter dem Rathaus geschah. Die verführerische Macht, die damit einherging, galt ihm wesentlich mehr als die Angst davor, bei etwas Unsittlichem erwischt zu werden.

Nicht, dass es die Herren wirklich gestört hätte, dergleichen zu sehen! Sie waren beide dafür bekannt, keine Lustbarkeit auszulassen und sich gern auch mehrere willige Freudenmädchen gleichzeitig einzuladen. Dennoch fürchtete Kleinhans um seinen Ruf als ehrbarer Mann der Kirche, den er nicht in Gefahr zu bringen gedachte. Deshalb rührte er auch heute das von gelocktem Haar umsäumte Schamdreieck Gretes nicht an, obschon ihn sein hoch erhobenes Lustschwert regelrecht darum anflehte.

»Nimm noch einmal das Brandeisen!«, befahl er leise.

Matthes Horn, der Henkersknecht der apostolischen Präfektur zu Meißen, blickte irritiert und ein wenig hilflos zu den beiden Ratsherren, die dem Verhör mehr oder minder interessiert folgten. Die Männer zuckten gleichmütig mit den Schultern, was wohl bedeuten sollte, dass er gefälligst zu tun hatte, was Pfarrer Kleinhans ihm anwies.

Seit Stunden war er nun schon damit beschäftigt, die vermeintliche Hexe zu einer hinreichenden Aussage zu bewegen. Im Stillen jedoch zollte er ihr seinen größten Respekt für den Heldenmut und das Durchhaltevermögen, das sie an den Tag legte. So mancher starke Mann brach bereits nach zehn Minuten im Gewölbe zusammen und gab rundweg zu, was auch immer man ihm vorwarf.

Nicht aber sie, nicht Grete Böttcher! Sie bestand hartnäckig darauf, in allen Anklagepunkten unschuldig und sogar sehr gottesfürchtig zu sein. Daumenschrauben, das Ausreißen der Fußnägel, die Streckbank und selbst das glühende Kreuz, das er ihr auf die nackte Haut presste – keines seiner sonst überaus wirksamen Methoden vermochte es, den anwesenden Inquisitoren das alles entscheidende »Ich gestehe!« zu verschaffen.

Noch weniger schien sie bereit, den Aufenthaltsort ihrer abtrünnigen Tochter preiszugeben, obschon der Pfarrer mehrfach danach fragte. Immer wieder beteuerte sie, nicht zu wissen, wo sich Irmgard befand. Die gedungenen Schergen der Kirche horchten abseits des Rathauses bereits die Bürger aus, ob sie die entlaufene Jungfer irgendwo gesehen hätten. Auch suchten sie in mehreren Scharen die ganze Gegend nach ihr ab, doch sie fanden ihr Opfer nicht.

Das kluge Mädchen verstreute getrockneten Meerrettich und andere scharfe Gewürze hinter sich, was den gewöhnlich hervorragenden Geruchssinn der Hunde verwirrte. Zudem wählte es nur die abgelegensten Pfade, umging Werda östlich in einem großen Bogen und wagte sich erst am späten Nachmittag wieder unter Menschen.

Nahe des Lehngutes zu Smelna plagte Irmgard schließlich der Hunger, weshalb sie dort um ein wenig Wegzehrung bat. Mit geschwärzten Wangen und der tief ins Gesicht gezogenen Kapuze, zudem fremd in der Gegend, erkannte sie niemand. Hingegen hielt man Irmgard für eine einfache Bettlerin und ließ sie, nachdem man ihr einen trockenen Kanten Brot und einen Krug Wasser gereicht hatte, unbehelligt ihres Weges ziehen.

Für ihre bedauernswerte Mutter aber gab es kein Entkommen. Erneut nahm Matthes das Brandeisen aus der Glut und drückte es zwischen ihre Brüste. Der Geruch nach verbranntem Fleisch füllte das Gewölbe. Es stank so fürchterlich, dass einer der Ratsherren plötzlich aufsprang und sich direkt neben seinem Stuhle übergab.

Als die Schreie der gepeinigten Frau unerträglich wurden und eher dem Wehklagen eines unter Todesqualen leidenden Tieres glichen, brach der enttäuschte Pfarrer das nutzlose Verhör endlich ab. Der Präfekt würde gewiss auch ohne Geständnis sein Exempel an Grete Böttcher statuieren.

»Schaff mir das Dreckstück aus den Augen!«, schnarrte er den Folterknecht unwillig an.

Daraufhin drehte sich Kleinhans zu seinem Pult, tauchte die bereitliegende Feder ins Tintenfass und kritzelte ein paar Worte auf das dort liegende Papier. Matthes atmete seinerseits erleichtert auf. Noch während der Pfarrer schrieb, löste er eiligst die schweren Ketten und warf sich das blutige Bündel über die Schulter.

Er ging mit seiner Bürde spornstreichs zur Sünderzelle in den Turm, bevor Kleinhans es sich anders überlegen konnte. Ja, er wusste, wer Grete Böttcher war. Und genau deshalb tat sie ihm unendlich leid!

Dass sie der grauenvollen Marter überhaupt standhielt, würde ihr vermutlich nicht zum Guten gereichen. In diesem Fall konnte sich der Präfekt erst recht darauf berufen, dass sie eine Hexe sein musste. Kein normaler Mensch hielt diese Tortur über einen so langen Zeitraum durch, ohne dabei mindestens das Bewusstsein zu verlieren. Ach zum Teufel mit der Ohnmacht! Viele ließen während einer solchen Befragung sogar ihr Leben!

So oder so harrte der Frau letzten Endes der furchtbare Tod auf dem Scheiterhaufen, dessen war sich Matthes sicher. Doch er hätte nie dagegen aufbegehrt, weil sein Dienst es nun mal so vorschrieb. In diesen Zeiten, da das einst florierende Städtchen unter der Herrschaft des Kurfürsten von Sachsen sichtlich verarmte und eine geheimnisvolle Krankheit durch die Gassen eilte wie ein Lauffeuer, war er sehr dankbar, überhaupt einer Arbeit nachgehen zu dürfen. Nur der Totengräber, der Bader und der Stadtmedikus hatten derzeit noch mehr zu tun als er.

Vor der Zellentür schaute er sich sorgsam nach allen Seiten um und vergewisserte sich, dass ihn niemand beobachtete. Zu seinem und Gretes Glück hatten sich die Wachen des Gefängnisses wohl entschlossen, eine Pause von ihrem wichtigen Amt einzulegen.

Sicher befanden sie sich gerade im Schankhaus »Zum Krug am Markte« nebenan, um sich daselbst einen Humpen Dünnbier und ein Mittagbrot mit Handkäse zu genehmigen. Im Falle des besser besoldeten Hauptmanns dürfte vielleicht sogar ein Topf mit heißen Würsten oder ein gebackenes Hühnchen auf dem Tisch stehen, zusammen mit einem Viertel vom teuren Meißner Wein.

Also entriegelte Matthes selbst das eiserne Gitter, durchschritt die Öffnung und legte Gretes zerschundenen Körper vorsichtig auf das faulige Stroh in der Ecke. Sanft strich er ihr das wirre, verschwitzte Haar aus dem Gesicht. Hätte er doch nur einen Eimer mit frischem Wasser, damit er ihr etwas Linderung verschaffen könnte! Doch dergleichen Labsal war für die Häftlinge der Präfektur nicht vorgesehen.

So gab er das Wenige, was er besaß, nämlich sein Taschentuch. Damit bedeckte er zumindest notdürftig die brandige Wunde auf ihrem Brustbein. Grete sprach kein Wort. Sie konnte es wohl auch nicht mit dem von des Pfarrers derben Fausthieben zugeschwollenen Mund. Aber der Blick aus ihren Augen zeugte von Verständnis und Güte. Trotz allem, was er ihr gerade angetan hatte, wenn auch wider Willen, zürnte sie ihm nicht.

»Verzeih mir«, flüsterte er zutiefst erschüttert und den Tränen nah, ehe er den muffigen, dunklen Raum wieder verließ.

Dafür kam es dann, dass sein eigenes Weib ihn am Abend überaus rüde beschimpfte, als er ihr schuldbewusst von den Vorkommnissen erzählte. Sie wiederum sah sich ganz und gar nicht geneigt, ihm sein heutiges Tagwerk zu vergeben. Stattdessen machte sie ihm bitterste Vorwürfe und stellte sich ihm in ihrer Küche entgegen, den ehernen Wäschestock fest in den Händen haltend. Fast meinte er, sie wolle ihm damit zur Strafe eine kräftige Tracht Prügel verabfolgen.

»Bist du nicht mehr recht bei Sinnen? Wie konntest du das nur geschehen lassen, Matthes? Die Böttcher-Grete ist der hilfsbereiteste Mensch, den ich kenne. Sie war es, die unseren Sohn vor dem leibhaftigen Tod rettete. Hast du das schon vergessen, ja? Sie brachte ihm den Heiltrank, ohne auch nur einen roten Heller dafür zu verlangen.

Sag mir, Mann, hast du kein Gewissen, dass du es wagst, die arme Frau so grausam zu schinden? In Grund und Boden solltest du dich schämen, ausgerechnet ihr so etwas anzutun! Möge Gott dich dafür in der Hölle schmoren lassen!«, zeterte sie so laut, dass es sicher alle Nachbarn hörten.

Diese und weitere Sätze, in denen unter anderem die Worte »räudiger Hund« und »stinkender Ziegenbock« fielen, musste er sich gefallen lassen. Und er tat es mit gesenktem Kopf, denn Ilse hatte recht. Vor ein paar Wochen litt ihr Jüngster tagelang unter schwerstem Erbrechen. Nicht einmal klares Wasser konnte er bei sich behalten. Schnell ging es ihm so schlecht, dass man ernsthaft um sein Leben fürchten musste.

Für einen Besuch beim Werdaer Medikus allerdings reichte das vorhandene Geld nicht. Zu teuer war dessen Arznei, denn er verlangte ganze vier Groschen für einen winzigen Tiegel davon. So viel betrug auch der gesamte Wochenlohn, den Matthes von der Meißener Präfektur erhielt. Es war darüber hinaus fraglich, ob die zähflüssige Latwerge überhaupt half, die der Arzt den Kranken als wirksame Medizin verkaufte. Immer mehr Menschen beklagten sich, dass er ihnen für den höchsten Preis lediglich einen wertlosen Seim aus Mehl, Wasser und Kleie übereignet hätte.

Dennoch blieb den besorgten Eltern nichts anderes übrig. Sie mussten die städtische Offizin aufsuchen, weil der magere kleine Bursche zwischen seinen quälenden Auswürfen nurmehr röchelte und mühsam nach Luft rang. Sein Leben stand auf Messers Schneide. Also entschloss Ilse sich, zum Wohle des Jungen einen Teil ihrer ohnehin kargen Aussteuer zu verkaufen, obgleich es sie arg dauerte.

Viel gab es nicht zu entbehren, wie sie mit einem Blick in ihre frühere Jungferntruhe feststellte. Sowohl sie als auch Matthes stammten aus ärmeren Verhältnissen, weshalb die voreheliche Ausstattung entsprechend gering ausfiel. Einzig ein kleiner Ballen Leinenstoff lag noch in seinem hölzernen Versteck, einst dazu gedacht, als Leib- oder Bettwäsche verwendet zu werden.

Darunter ruhte ein vollgewichtiger Joachimsthaler, den Ilse als junges Mädchen von ihrem Großvater erhielt – eine Seltenheit in jener Zeit. Kurz vor seinem Tode gab er das Silberstück seiner Enkelin, zusammen mit der Ermahnung, es nur ja gut zu verwahren. Mit Tränen in den Augen betrachtete Ilse das kleine Lederbeutelchen. Es sollte fortwährendes Glück für die Familie bedeuten, solange der Joachimsthaler in ihrem Besitz war.

Keinesfalls durfte er als Zahlungsmittel verwendet werden, hatte der sterbende Großvater ihr noch eingeschärft. Er wiederum bekam die wertvolle Münze als Junge von einem verwundeten böhmischen Offizier, dem er dazumal einige Bringdienste leistete.

Leise seufzend legte Ilse das Säckchen wieder zurück in die Truhe und begab sich zum Regal über der Kochstelle. Nach langem Suchen entschied sie sich endlich für zwei hübsch bemalte Tontöpfe, die nur an den hohen Feiertagen auf den Tisch kamen. Notfalls konnte man derlei später noch einmal neu erwerben. Zusammen mit dem guten Hausmacherleinen sollte dies genügen, um die benötigten vier Groschen zu erlösen.

Indem sie die älteste Tochter ermahnte, auf den erkrankten Jungen achtzugeben, machte sich die verzagte Mutter mit ihrem Weidenkorb auf den Weg zum Marktplatz. Just dort, im Schatten des trutzigen Rathauses und umringt von vielen Frauen, bot Grete gerade wilde Beeren und bunte Waldblumensträuße feil. Mit dem Mut der Verzweiflung sprach Ilse die Kräuterfrau an, ob sie nicht ein Heilmittel für ihren armen Buben wüsste.

Noch am selben Abend erschien Grete an der Hornschen Haustür. Sie führte eine braune Mixtur aus Kamille, Kümmel und Engelwurz mit sich, die sie dem geschwächten Kind löffelweise einflößte. Daraufhin fiel es in einen tiefen Schlaf. Der besorgte Vater hielt neben seinem Buben die Nachtwache, streichelte unentwegt das blasse Gesichtchen und tat vor Angst kein Auge zu.

Er traute der gesamten Prozedur nicht, war sie ihm doch fremd und unerklärlich. Dazu kam, dass der frisch gebraute Sud schlimmer als Katzenpisse roch. Doch am nächste Morgen wachte das Kind wieder auf, quicklebendig und bei Sinnen. Nicht nur das, denn es bat zudem um eine Schüssel mit süßer Hafergrütze, als hätte es nicht noch am Vortag mit dem Tode gerungen!

Matthes also hatte, wie sein Weib eben auch, der Kräuterfrau viel zu verdanken, nämlich nicht weniger als das Leben des einzigen Sohnes. Dennoch war er gezwungen, seiner Pflicht nachzugehen, für die er vergleichsweise gut bezahlt wurde. Wie hätte er sich auch dagegen verwahren sollen? Angesichts der Tatsache, dass der Stellvertreter Gott des Herrn auf Erden den Befehl dazu erließ, durfte er nicht zaudern, ohne selbst in den Verdacht der Mitwisserschaft zu geraten.

Als er dies zu seiner Verteidigung vorbrachte, brach auch Ilses Widerstand. Sich ihren eigenen Mann an Gretes Stelle auszumalen, ängstigte sie so sehr, dass sie etwas später das Abendmahl entgegen ihrer Gewohnheit schweigend auf den Tisch brachte. Man würde ihn in Werda für die Folterung der Kräuterfrau hassen, verachten, bespucken und verdammen.

Sobald herauskäme, wer sie dem sicheren Tode anheimgab, hatte Matthes mit Sicherheit ein paar Freunde weniger. Aber wenigstens war er am Leben und konnte sie wie auch die gemeinsamen Kinder ernähren. Das Wenige, mit dem Ilse sich etwas hinzuverdiente, brachte nicht einmal genügend Geld für das Feuerholz im Winter ein, geschweige denn für ein paar Kartoffeln oder ein Pfund Mehl.

Es war der Abend des 9. Juni, an dem der Präfekt Grete Böttchers gottloses Dasein beenden wollte. Wie erwartet verzichtete er auf ein Geständnis. Drei Tage vor Neumond, der bekanntermaßen allen Hexen ihre böse Macht verlieh, zerrte man die Gefangene nach dem Einbruch der Dunkelheit aus ihrer Zelle und legte ihr einen Schandkragen um den Hals.

Danach kettete man sie auf einem offenen Leiterwagen an, mit welchem sie in die Mitte des Marktes gebracht werden sollte. Doch heute warf niemand mit fauligem Obst, nassen Lehmklumpen oder gar mit Steinen nach dem Arme-Sünder-Karren, obgleich die dafür vorgesehenen Eimer mit Unrat seit dem Nachmittag am Rinnstein bereitstanden.

Dagegen schienen die Bürger von Werda beschlossen zu haben, sich mit brennenden Fackeln rund um das Fuhrwerk zu formieren und ein Vaterunser für Gretes gute Seele zu beten. Die verdutzten Wachen ließen es geschehen und hielten inne. Eine gute Stunde dauerte es, bis sich das Fuhrwerk wieder in Bewegung setzen konnte.

Dennoch stand Grete kurz vor Mitternacht gefesselt auf dem Scheiterhaufen, und nicht wenige der Schaulustigen senkten betreten den Kopf, als Matthes auf Geheiß des Präfekten das Feuer unter ihr entzünden musste. Manch einer raunte seinem Nachbarn hinter vorgehaltener Hand zu, dass es nicht rechtens sei, die Kräuterfrau hinzurichten.

Welches Verbrechen wollte man ihr denn schon vorwerfen? Dass sie den ärmeren Menschen in der größten Not half und ihnen Beistand leistete? Oder dass sie mit ihren Mixturen oft erfolgreich war und damit dem Gevatter Tod ein Schnippchen schlug? Niemand hatte Grete je dabei gesehen, wie sie der schwarzen Magie frönte.

Und nun sollte ausgerechnet sie, die doch als freundliche Heilerin bekannt war, die Schuld daran tragen, dass das unersättliche Fieber über Werda hereinbrach? Das zumindest behauptete Pfarrer Kleinhans, der die Kräuterfrau just dafür in seiner donnernden Anklage beschuldigte.

Lediglich der Medikus blickte äußerst zufrieden aus seinem blitzsauberen Festtagswams, als er den Marktplatz betrat und direkt zum Rathaus strebte. Die Umstehenden bemerkten sehr wohl, wie hoffärtig er beim Anblick des Scheiterhaufens nickte und anschließend die Treppe zum Altan hinaufstieg. Natürlich kam ihm Gretes Tanz auf der gottgeweihten Glut sehr gelegen. Jetzt mussten die Kranken wieder ausschließlich in seine Offizin kommen und die benötigten Medikamente bei ihm kaufen, statt sich bei der *verlausten Böttchern*, wie er sie abfällig nannte, umsonst kurieren zu lassen.

Das galt umso mehr für die Bewohner des Elendsviertels am Stadtrand, denen nicht selten das täglich Brot fehlte und die sich mühsam durchschlugen. Gerade bei denen, die nichts zuzusetzen hatten, schlug die unbekannte Krankheit derzeit mit aller Härte zu. Ihm, der sich als einzig wahren Arzt sah, konnte nun niemand mehr das Geschäft verderben.

War er es gar, der die bedauernswerte Grete wegen angeblicher Hexerei beim Präfekten verunglimpfte, um die unliebsame Konkurrenz loszuwerden? Niemand wusste es, aber man traute ihm solche eine schändliche Tat durchaus zu. Nicht umsonst stand er jetzt voller Stolz zur Linken des Kirchenvertreters, gleich neben dem schmerbäuchigen Stadtschulzen Hinrich, dem ebenso gut beleibten Pfarrer und den zwei obersten Ratsherren.

Als die rotgoldenen Flammen schon an Gretes Körper hochschlugen, wandte sie ihren Kopf nach oben zur Empore des Rathauses, um ihre letzten Worte auszusprechen. Jeder, der sich auf dem Markte befand, hörte klar und deutlich, was sie rief: »Ich verfluche Euch, Johann Leisentrit, Euch und Eure speichelleckenden Diener! Eines Tages wird jemand meines Namens nach Werda kommen und Euch für diese schändliche Tat strafen. So wie Ihr mich heute mit Feuer töten lasst, so werden dereinst auch Eure Söhne sterben, und wenn es auch Jahrhunderte dauert!

Zur Hölle mit Euch, die Ihr die Geschenke von Gottes reiner Natur schmäht! Zur Hölle, sag ich! Dieses Narrenspiel wird Euch fürderhin noch bitter reuen! Das schwöre ich bei allem, was mir heilig ist!«

Wenn jemand infolgedessen Schreie der Qual erwartet hatte, so wurde er eines Besseren belehrt. Die Kräuterfrau verbrannte hingegen mit einem unfassbar gellenden Lachen, das erst verstummte, als die Lohe sich über ihrem Kopf zu einer todbringenden Feuerblume vereinte.

Es klang so grausig, dass viele der gaffenden Menschen fluchtartig den Marktplatz verließen. In ihrer Hast rannten sie sich sogar gegenseitig über den Haufen. Ein Kind stolperte über eine vergessene Bütte am Brunnen und schrie zum Erbarmen nach seiner Mutter. Der nächstbeste Mann packte es am Schlafittchen und zerrte es mit sich in eine der vielen Seitengassen. Nur weg, so schnell es ging, um dem Kleinen das Ende dieses schaurigen Szenarios zu ersparen.

Wenige Zuschauer blieben, und diese ballten inzwischen bedrohlich die Fäuste. Stimmen wurden laut, dass Gretes Fluch wohl bald die ganze Stadt vernichten würde. Genügte es den hohen Herren noch immer nicht, was sie sahen?

»Lasst ihr doch wenigstens den letzten Frieden!«, brüllte die Bäckersfrau verzweifelt, ehe sie weinend ihr Gesicht in den Händen verbarg.

Selbst der Präfekt zog missmutig die Brauen zusammen. So hatte er sich das Ableben der Hexe nicht vorgestellt. Vielmehr hoffte er, dass das geringe Volk die schwarze Seele der Satansbraut verfluchte und ihre Fahrt in die ewige Verdammnis bejubelte. Weil nichts dergleichen geschah und nicht einmal die Wachen in der Lage waren, den rebellischen Pöbel mit ihren Piken zurückzuhalten, verließ auch er mit wehenden Gewändern den Altan.

Seine Heiligkeit spürte sehr wohl, dass sich die Werdaer Bürger nicht mit der Hinrichtung einverstanden zeigten. Demnach wollte er sich lieber in seine sicheren Gemächer zurückziehen, ehe die Stimmung endgültig umschlug und sich das Volk gegen ihn wendete. Pfarrer Kleinhans folgte ihm eilig, die Bibel in der einen und das Holzkreuz in der anderen Hand. Das Gebet, das er auf dem Weg durch die Mauergänge murmelte, galt jedoch ausschließlich seinem eigenen Schutz.

Irmgard erreichte indessen unbehelligt den Zwergenberg bei Heyninwalde im Zittauischen. Dort lebte Jockel, der Bruder ihrer Mutter, zusammen mit seiner Frau Trine. Der kleine Bauernhof, den das Ehepaar bewirtschaftete, warf genügend Ertrag ab, um ein anständiges Leben zu führen. Als das junge Mädchen bei Jockel eintraf, umarmte er es ganz fest, ohne Fragen zu stellen. Längst hatte Grete ihn informiert, was zu tun sei, sollte man ihrer eines Tages habhaft werden.

Nachdem er seine Nichte angemessen begrüßt hatte, rief er nach Trine und spannte die Zugochsen vor den Wagen. Es galt, keine Zeit zu verlieren und sich sogleich mit Irmgard in die Schreibstube zu begeben. Jockel ließ sie dort als *Johanna Bergwald* im Ortsregister wie auch im Kirchenbuch vermerken. Sie stamme, so behauptete er frech, aus Preußen und sei die Tochter eines verstorbenen Vetters, die er als nunmehr heimatloses Mündel bei sich aufgenommen hätte. Fortan würde sie bei ihm Magddienste verrichten, die kleinbäuerliche Hauswirtschaft von Trine erlernen und später den Hof erben, zumal er keine eigenen Kinder besaß.

Der Schreiber beäugte das ängstliche Mädchen erst misstrauisch von oben bis unten, hob aber dann gleichmütig die Schultern und übertrug den genannten Namen auf das vor ihm liegende Pergament. Das Wort Jockels war ihm Bürgschaft genug. Dieser galt sowohl in Heyninwalde als auch in den umliegenden Dörfern als rechtschaffener und ehrlicher Kerl. Nachdem nun der erforderlichen Bürokratie Genüge getan wurde, lächelte der verhärmte Mann plötzlich sehr freundlich.

»Junges Blut im Dorf kann nicht schaden«, sagte er. »Vielleicht wäre sie gar etwas für meinen Sohn. Du weißt ja, dass der Friedrich längst im rechten Alter für eine Heirat ist. Ich würde ihn gern unter die Haube zu bringen, damit er noch beizeiten lernt, was heißt, für sein Auskommen zu arbeiten. Es soll auch nicht zu deinem Schaden sein, Jockel.

Und auch du, Trine, kannst dich über mein Angebot freuen. Ich würde euch für das Mädel gewiss ein gutes Brautgeld zahlen, mehr als die Anderen, und ich lege sogar noch ein paar gute Gänse obendrauf. Überlegt es euch, und gebt mit dann Bescheid.«

Gretes Bruder vollführte eine Geste, die sowohl Zuspruch als auch Verneinung bedeuten konnte, und verließ den wortgewandten Papierkratzer, ohne sich weiter zu dessen Anliegen zu äußern. Einverstanden war er jedenfalls nicht, was den Vorschlag des Mannes betraf. Dies sagte er auch seiner Frau, als sie sich mit sauertöpfischem Gesicht neben ihn auf den Kutschbock setzte.

Keinesfalls würde er zulassen, dass der als windiger Hallodri bekannte Schreibersohn um seine arglose Nichte freite. Zu oft fand man diesen arbeitsscheuen Burschen betrunken im Schankhaus oder beim Kartenspiel mit zwielichtigen Gesellen. Einen derart faulen Eidam gedachte er sich keinesfalls auf den Hof zu holen.

Andererseits befand er es auch nicht für klug, zum jetzigen Zeitpunkt schon eine klare Absage auszusprechen. Zumindest so lange, bis ein wenig Gras über Irmgards Eintreffen gewachsen war, wollte er den Schreiber im Unklaren lassen. Trine war mit diesem Vorgehen durchaus einverstanden.

So kam es dann auch, dass die nunmehr Johanna genannte Maid zwei Jahre danach statt des umtriebigen Friedrichs einen bescheidenen und fleißigen Stallknecht namens Georg ehelichte. Dieser kam aus dem böhmischen Örtchen Krummhübel nahe der Schneekoppe und suchte gerade eine neue Anstellung. Weil Jockel ohnehin Unterstützung auf den Feldern und beim Vieh brauchte, durfte Georg bleiben.

Im darauffolgenden Frühjahr begann er, um Johanna zu werben, und gewann ihr Herz. Er brachte zwar kein nennenswertes Vermögen mit in die Ehe, kümmerte sich aber dafür mehr als vorbildlich um den Hof, sodass sich Jockel und seine Frau später beruhigt auf ihr Altenteil begeben konnten.

Daselbst genossen sie ihre letzten Jahre, umgeben von sechs fröhlich spielenden Kindern, die aus der von Johanna selbst gewählten Verbindung hervorgingen. Das Jüngste unter ihnen war ein Mädchen, das seiner Mutter wie auch seiner Großmutter bis aufs lockige braune Haar glich.

Und während in Werda wie auch in den umliegenden Dörfern jahrelang die schreckliche Pest wütete und die Gräber kaum noch Platz auf den Friedhöfen fanden, blieb der kleine Aussiedlerhof just davon verschont.

Kapitel 2

Bischofswerda, im Jahr 2018

Am Klengelweg stauten sich die Fahrzeuge der Ausflügler in immer länger werdenden Kolonnen. Sie hofften wohl, am Straßenrand noch einen günstigen Parkplatz zu erwischen. Margarete Windrich schaute widerwillig über ihre Hainbuchenhecke und rümpfte die Nase. Es war so typisch für die Menschen, die sich am Samstag nach dem Kaffeetrinken aufschwangen, die heimische Natur zu erkunden.

Natürlich nur bei bestem Wetter, wobei sie gern bis auf zweihundert Meter an den Butterberg heranfuhren, ihr viel zu großes Auto möglichst im Schatten abstellten und nach nur wenigen Minuten Fußweg stolz den Gipfel erreichten. Anschließend setzten sie sich in den dortigen Berggasthof und schmausten, als hätten sie soeben eine Wanderung von mindestens zwanzig Kilometern hinter sich gebracht. Städter eben, wie sie überall zu finden waren und sich mitsamt ihren luxuriösen Karossen präsentierten, als gäbe es kein Morgen.

Margarete kannte diese Sorte Mensch nur zu gut – und mochte sie überhaupt nicht! Dabei lebte sie bis vor drei Monaten ebenfalls in der Großstadt. Dresden-Pieschen, das ewig lärmende und schlaflose Viertel nahe der Autobahn, galt nicht gerade als ihr absoluter Wunschwohnort. Der dicht gefügte Wohnblock aus den Sechzigern, in dem sie sich eingemietet hatte, verfügte weder über einen Balkon noch über eine nennenswerte Rasenfläche.

Davor lag die vielbefahrene Großenhainer Straße, dahinter die ebenso laute Riesaer Straße. Keine von beiden war in irgendeiner Weise schön oder gar sehenswert. Vielmehr musste man sich gut überlegen, zu welcher Stunde man die Fenster zum Lüften öffnete. Stand der Wind ungünstig, so zog der ekelhafte Fahrzeuggestank durch alle Räume und setzte sich dort auf unbestimmte Zeit fest. Mal ganz abgesehen von dem steten Geratter der Straßenbahnen, dem man ebenfalls nicht entgehen konnte, ließ die Gegend jede Chance zum Ausruhen vermissen.

Doch ihre Arbeit in Dresden verlangte es nun mal, dass sie in diesem kastenförmigen Gemäuer, typisch für die Nachkriegszeit, wohnte. Bis zur nächsten Bushaltestelle benötigte Margarete gerade mal zwei Minuten. Kein Vergleich mit ihrer früheren Anstellung in Pirna, die etwas mehr als eine Stunde Anfahrt inklusive nervtötendem Berufsverkehr über die A 17 beanspruchte.

Gut, dass dieser Lebensabschnitt seit Januar dieses Jahres beendet war. Teils durch ihre endlich vollzogene Scheidung und den damit verbundenen Unannehmlichkeiten, teils aber auch durch einen Glücksfall der besonderen Art, strandete sie hier im beschaulichen Bischofswerda. Sie meldete sich sofort auf die Annonce, in welcher ein kleines Einfamilienhaus, Baujahr 1972, am Stadtrand zum Verkauf angeboten wurde.

Pickau, der kleine Bezirk bei Geißmannsdorf, schien ihr bestens geeignet, die vergangenen Strapazen zu vergessen. Knapp einhundert Quadratmeter Wohnfläche, einen hübschen Garten und eine Garage nannte sie nun ihr Eigen, wenngleich in dieser Garage kein Auto stand. Margarete bewahrte dort neben ihrem geliebten Fahrrad mehrere Gartengeräte, ihre leeren Umzugskartons und ein paar Werkzeuge auf.

Der alte Holzschuppen, der in früheren Zeiten als Abstellraum benutzt wurde, hatte seine besten Jahre längst hinter sich. Das mit Teerpappe belegte Dach war ebenso undicht wie die Seitenwände. So riss sie ihn mit Begeisterung ab und entdeckte zu ihrer Überraschung, dass dahinter bunte Lupinen wuchsen. Ihr Großvater nannte diese Pflanzen *Wolfsbohnen*, damals, als er noch lebte und mit ihr durch Wald und Wiesen streifte. Wieder eine Erinnerung an frühere Zeiten, diesmal aber eine, die ihr Freude bereitete.

Margarete befreite die jungen Pflanzen von wucherndem Unkraut, umgab sie mit frischer Blumenerde und einer nagelneuen Beeteinfassung. Danach stand sie stolz vor ihrem Werk, und es sollte nicht das Letzte sein. In den folgenden Wochen krempelte sie mit viel Energie den halben Garten um. Das – nun ja – ein wenig altmodische Ambiente, das den Vorbesitzern so gefiel, wich einer eher offenen und harmonischen Gestaltung.

Dort, wo einst riesige Rhododendren das einfallende Sonnenlicht behinderten, standen jetzt kompakte Hortensien mit roséfarbenen Blüten. Um die viel zu hohe Hecke kümmerte sich ein ortsansässiges Gartenbauunternehmen, das dem verholzten Gewirr mit der Kettensäge und einem Bagger zu Leibe rückte. Lediglich an der Grundstücksgrenze zum Klengelweg hin blieben die Hainbuchen als Sichtbarriere stehen, wenn auch um fast einen Meter gekürzt und sorgfältig ausgeschnitten.

Zwar bot man ihr an, im Zuge dessen auch gleich die abgenutzte Terrasse zu erneuern, doch sie lehnte dankend ab. So viel Besuch erhielte sie nicht, als dass ein solcher Aufwand nötig wäre, sagte sie zu dem etwas enttäuscht blickenden Handwerker. Er hatte sich wohl auf ein zusätzliches Geschäft gefreut und schon ein paar Muster für den passenden Bodenbelag mitgebracht.

Stattdessen riss Margarete die zum Teil morschen Dielen persönlich aus der Verankerung und warf sie in den bereitgestellten Container. Beim Zerteilen der Traghölzer fand sie alte Bruchplatten aus Lausitzer Granit, die ihr ein Lächeln entlockten. Die früheren Eigentümer hatten die Relikte aus DDR-Zeiten der Einfachheit halber nicht entsorgt, sondern als Fundament genutzt und mit lasiertem Lärchenholz überbaut.

Bei einer gründlichen Reinigung stellte sie fest, dass die unverwüstlichen Natursteine nicht nur gut aussahen, sondern sich auch hervorragend zum Aufstellen von ein paar Kübelpflanzen eigneten.

Die neu gekauften Tontöpfe, mit langsam wachsenden Muschelzypressen bepflanzt, kamen hier sicher hervorragend zur Geltung.

Abschließend dekorierte sie noch die lauschige Sitzecke unter einem alten Apfelbaum mit Ziergräsern und zwei bordeauxroten Rosenstöcken der Sorte *Astrid Gräfin von Hardenberg*. Spätestens ab Mitte Mai, so versprach man ihr im Fachgeschäft, würde diese Rose viele Blüten austreiben. Schon jetzt zeigte sie dicke Knospen und rahmte die hellgrauen Rattanmöbel vorteilhaft ein.

Als Margarete fertig war, erschien der Garten nicht nur größer, sondern auch heller und wesentlich freundlicher. Bald würde auf den nunmehr freien Flächen frisches Gras wachsen. Wo dies nicht gewünscht war, hatte sie großzügig naturbelassenen Rindenmulch aufgebracht. Sogar Andreas Müller, ihr Nachbar zur Rechten, spähte prüfend über den Zaun und nickte dann anerkennend. Im Zuge dessen stellte er ihr gleich seine Frau Kirsten vor, eine hübsche und sehr nette Dame mittleren Alters.

»Aller Anfang ist schwer. Wenn wir Ihnen helfen können, sagen Sie es ruhig«, meinte sie freundlich lächelnd, ehe sie sich wieder dem Aufhängen ihrer Wäsche widmete.

So verging die erste Zeit in ihrem neuen Heim, das sie bereits jetzt innig liebte. Auch heute saß sie in ihrem kleinen Paradies, bestaunte die bunte Pracht der Sommerblumen und ärgerte sich gleichermaßen über den Lärm auf der Straße zum Butterberg, der Margaretes Idylle merklich störte. Bestimmt nicht ganz so extrem wie in Dresden, wo es gar keine stille Stunde gab, aber mindestens ebenso nervtötend, zumal sie eigentlich ihr Wochenende genießen wollte.

Unwillig grummelnd ging sie ins Haus, um sich eine frische Tasse Kaffee zu holen. Dies bemerkte ein korpulenter Mann mit Basecap und Sonnenbrille, der mit einem offenen Cabriolet schon zum zweiten Mal langsam an ihrem Grundstück vorbeifuhr. Er nutzte die Gelegenheit, stieg aus und fragte sie dreist über die Hecke, ob er sein überdimensioniertes Auto vor ihrer Einfahrt parken dürfe.

»Woanders ist nämlich kein Platz mehr. Ich suche schon seit einer halben Stunde, wissen Sie?«, begründete er sein Ansinnen.

»Nun, bei mir ist auch kein Platz. Also stellen Sie Ihr Fahrzeug bitte nicht hier ab!«, entgegnete sie in ziemlich pampigem Ton. Was wiederum den Herrn dazu veranlasste, so etwas wie »Dann eben nicht, du dumme Kuh!« zu murmeln und mit aufheulendem Motor davonzufahren.

Margarete seufzte resigniert. Sie hatte genug. Lieber trank sie ihren zweiten Kaffee im Haus, wo es leidlich still und gemütlich war. Das Buch, das sie sich dazu aus dem Regal nahm, handelte vom Mittelalter und einer mutigen Frau, die sich mit allen Kräften gegen die starren Strukturen dieser Ära verwahrte. Jeanne d'Arc, so beeindruckend wie überraschend in ihrem Tun, zog Margarete fast magisch in ihren Bann. Manchmal fühlte auch sie sich ein wenig wie eine Rebellin gegen das Althergebrachte, zumindest bevor sie hier einzog.

Wie aus heiterem Himmel fragte sie sich, warum sie dem Mann vorhin so unfreundlich geantwortet hatte. Sie brauchte ihre Einfahrt doch gar nicht und erhielt heute auch keinen Besuch, der den Platz benötigte. Aber irgendetwas störte Margarete an ihm und seinem Auftreten. Nur konnte sie beim besten Willen nicht ergründen, was genau es war.

Obwohl sie ihrer Meinung nach gut und ausreichend geschlafen hatte, fühlte sich die junge Frau am nächsten Morgen wie erschlagen. Der Nacken tat ihr höllisch weh. Außerdem brannten ihre Handgelenke, und nicht zuletzt bemerkte sie beim Waschen einen seltsamen, länglichen Abdruck auf Daumen und Zeigefinger.

So etwas kannte sie aus ihrer Jugend, in der sie häufig auf der Gitarre spielte. Die Stahlsaiten drückten sich dabei tief in die Papillaren. Allerdings lag das herrliche Instrument aus Klingenthal im Vogtland nun schon seit Jahren ungenutzt in seiner Hülle und erfüllte nurmehr einen nostalgischen Zweck. Grübelnd betrachtete sie ihre Fingerspitzen. Vielleicht hatte sie während der Nacht die Hände ins Kopfkissen gekrallt und versehentlich einen Knopf vom Bezug erwischt. Nur gut, dass sie sonntags nicht zur Arbeit musste.

Die Bemühungen, die sie in einen normalen Tagesablauf steckte, blieben erfolglos. Nicht einmal der innig geliebte Kaffee schmeckte ihr. Zu allem Übel setzte gegen 9.00 Uhr noch ein vormittägliches Gewitter ein, sodass an eine weitere Stunde im Garten nicht zu denken war. Erst zum Nachmittag hin legte sich der bis dahin unablässig strömende Regen.

Kapitel 3

Schlagzeilen

Am Montag hatte sich die heftige Verspannung in Margaretes Genick ein wenig gelegt. Nach ein paar ausführlichen Dehnungsübungen und einem ruhigen Spaziergang rund um den Butterberg ging es ihr heute sogar entschieden besser. Bei den Katzensteinen hatte sie eine kleine Rast eingelegt, sich mit dem Rücken an die Felsen gelehnt und gedanklich alles ausgeblendet, was an Pflichten gemahnte.

Wie schön war es doch hier! Kein Vergleich mit den ewig überlaufenen Elbwiesen voller lärmender Menschen, die sich gegenseitig die Ruhe und damit auch die angestrebte Entspannung vom Alltag nahmen. Herr Nicklich, der betagte Nachbar drei Häuser neben ihr, empfahl ihr diesen versteckten Sitzplatz abseits des Weges. Allerdings erwähnte er auch, es sei klug, sich nicht gerade am Abend in der Nähe der Katzensteine aufzuhalten. Auf ihre Frage nach dem Grund berichtete er: »Wissen Sie, nach Sonnenuntergang haben schon manche Leute eine Frau im schwarzen Umhang gesehen. Sie lief ganz langsam um die Katzensteine herum und führte Selbstgespräche. Ein Freund von mir, der Georg nämlich, der war im letzten Herbst mal abends auf Pilzsuche. Und Sie werden es nicht glauben, da ist die Frau ihm doch tatsächlich im Wald begegnet!

Also nicht direkt begegnet, wie er sagte, denn gesprochen hat er nicht mit ihr. Aber er hat Stein und Bein geschworen, dass sie ein paar Meter entfernt an ihm vorbeigelaufen ist und irgendetwas in einer fremden Sprache murmelte. Und dann war sie plötzlich verschwunden, wie ein Gespenst. Ihr Gesicht konnte er nicht erkennen, weil sie eine große Kapuze auf dem Kopf hatte. Sie müssen sich das mal vorstellen!«

Margarete lächelte nachsichtig, während Herr Nicklich in seinem herrlichen Oberlausitzer Dialekt aufgeregt vom Abenteuer seines Freundes erzählte und dabei wild gestikulierte.

»Aber Sie werden doch nicht wirklich an solche Geistergeschichten glauben, oder?«, fragte sie, als der Redeschwall des alten Herrn langsam nachließ.

»Das nun nicht gerade«, antwortete der Nachbar ausweichend. »Na ja, vielleicht hat sich der Georg ja nur ein bisschen wichtigmachen wollen. Seien Sie trotzdem vorsichtig. Eine junge Frau wie Sie sollte nicht allein im Busch rumdampern. Man weiß nie, was für Gesindel sich da herumtreibt.

Die Zieglern vom Schuhladen unten ist letztens auch zu Tode erschrocken. Da saßen doch ein paar junge Kerlchen mit einem Kasten Bier in den Büschen, kaum vierzehn Jahre alt, und haben heimlich getrunken. Das hätten meine Söhne sein sollen. Denen würde ich aber anständig die Hammelbeine langziehen. Wo gibts denn sowas, in dem Alter schon Bier zu trinken? Unsereiner hatte nicht mal das Geld für eine kleine Flasche Limonade!

Wobei, die olle Zieglern ist ja selber so eine. Die sollte mal ganz stille sein, wenns um die Trinkerei geht! Ich kann Ihnen da Geschichten erzählen, von früher noch, als sie jünger war. Das war eine ganz Wilde auf dem Tanzsaal, das können Sie mir glauben. Die hat wirklich nichts und niemanden ausgelassen!«, erzählte Herr Nicklich anzüglich grinsend, bevor er noch eine letzte Warnung aussprach.

»Wie auch immer, gucken Sie lieber zweimal, wohin Sie laufen, junge Frau. Nach Sonnenuntergang ist es an den Katzensteinen nicht geheuer.«

Nach dieser, wenn auch gut gemeinten, Tirade verabschiedete er sich recht schnell.

Es behagte ihm nicht, dass sich seine Gesprächspartnerin so unbeeindruckt von der ungeheuerlichen Begebenheit zeigte. Darüber hinaus hatte er wohl auf einen längeren und erbaulichen Plausch mit der neuen Anwohnerin gehofft. Seit dem Tod seiner Frau war Herr Nicklich schlicht einsam, weshalb er jede Gelegenheit zu einem Schwätzchen mit seinen Nachbarn nutzte. Leider ließ Margaretes Miene ihn nicht darauf hoffen.

Dennoch rief sie sich des Rentners erhobenen Zeigefinger ins Gedächtnis, als sie die lauschige Ansammlung von Fichtenschösslingen hinter dem Felsen erreichte. Es konnte ja nicht schaden, sich vorsichtshalber ein wenig umzuschauen. In diesem Moment fielen ihre Blicke zwar nicht auf eine dunkle Gestalt oder feiernde Jugendliche, wohl aber auf eine leere Glasflasche, die jemand achtlos dort liegenließ.

Weggeworfener Müll war ein Problem in diesem Wald, keine Frage. Glasflaschen aber konnten im ungünstigsten Falle einen Brand auslösen, zumal bei der jetzigen Trockenheit. Das Wetter am Vormittag hatte nichts daran geändert. Zu schnell saugte die ausgedörrte Erde das lang ersehnte Wasser auf.

Durch die Hanglage und die Bodenbeschaffenheit floss das Meiste davon oberflächlich ins Tal, ohne die tiefer liegenden Wurzeln der Bäume zu erreichen.

Demnach bückte sich Margarete, um den Unrat aufzuheben, wie so oft zuvor. Dabei entdeckte sie am Fuß des Felsens einen grünlich schimmernden Stein, ein wenig verschmutzt zwar, aber doch deutlich erkennbar. Dem leichten Anflug von Schadenfreude, der sie überkam, konnte sie sich jedenfalls nicht entziehen. Es geschah der Dame, die hier so unbedacht ihren Prosecco trank, durchaus recht, ihren Schmuck zu verlieren.

Wobei er mit etwa vier Zentimetern Durchmesser doch recht

groß für einen Schmuckstein war, wie sie fand. Vielleicht handelte es sich um einen Turmalin oder einen anderen wertvollen Kristall. Geologie gehörte nicht gerade zu ihren bevorzugten Wissenschaften. Im Grunde schien es ihr auch nicht wichtig, welchen Namen der Stein trug, weil sie dessen satte Färbung und die goldleuchtenden Einschlüsse darin einfach nur schön fand. Daher wischte sie den gröbsten Schmutz mit der Hand beiseite und nahm ihn mit nach Hause.

Nun lag das Juwel im Regal über dem Herd und blitzte mit den sauberen Fenstern um die Wette. Das morgendliche Sonnenlicht fiel geradezu malerisch durch die Glasscheiben und erhellte ihr Domizil mit natürlichem Licht. Ohne besonderen Grund tippte Margarete den Stein mit dem Zeigefinger an, um gleich darauf fröhlich zu kichern. Sie freute sich auf die neue Woche. Immerhin hatte sie bald einen Termin auf dem Standesamt, weil sie nach dem Fiasko mit Jochen dessen Nachnamen ablegen und wieder ihren Geburtsnamen annehmen wollte.

Während die Kaffeemaschine ihr Lieblingsgetränk zubereitete, ging sie nach draußen, holte die Sächsische Zeitung aus dem Briefkasten und setzte sich anschließend damit an ihren kleinen Küchentisch. Den weltwirtschaftlichen Teil ließ sie gleich wieder fallen. Inflation, Krieg und die dringende Forderung eines Politikers aus Asien nach finanzieller Unterstützung interessierten sie nicht sonderlich.

Der Regionalteil hingegen schon, versprach er doch Unterhaltung und die Neuigkeiten aus dem direkten Umfeld. Gleich auf der ersten Seite sah sie einen größeren Artikel, geschrieben von einer Frau Förster:

Zeugen gesucht!

> Matthias Ritter wurde am Sonntag, dem 10. Juni 2018, in seiner Wohnung auf der Belmsdorfer Straße in Bischofswerda tot aufgefunden. Die Polizeidienststelle sucht dringend nach Zeugen, die den Verstorbenen im Zeitraum davor gesehen haben. Für sachdienliche Hinweise melden Sie sich bitte unter der Telefonnummer ...

Daneben war ein schlecht gemachtes Portrait-Foto des Verstorbenen zu sehen, dummerweise mit einer abgedunkelten Brille über den Augen. Kurz geschnittene blonde Haare, ein eher molliges Gesicht und kaum Bartwuchs – kein wirklich auffälliges Konterfei, dachte Margarete. Sie betrachtete das Bild ein paar Sekunden lang und schüttelte dann bedauernd den Kopf.

Es tat ihr ehrlich leid um den jungen Mann, der offensichtlich noch keine dreißig Jahre alt war. Allerdings kannte sie ihn nicht. Sie lebte ja auch erst seit knapp drei Monaten hier, und die Belmsdorfer Straße lag am entgegengesetzten Ende der Stadt in Richtung Putzkau. Bis dato hatte sie außerhalb ihres beruflichen Umfeldes nicht allzu viele Menschen getroffen.

Eine Stunde danach betrat sie pünktlich den Hof des Klempnermeisters Jürgen Schinkwitz, bei dem sie vor kurzem eine Anstellung als Sekretärin und Buchhalterin bekommen hatte. Dort standen die Gesellen an den Transportern, rauchten eine Zigarette und sprachen angeregt miteinander. Die unerhörten Nachrichten aus der Presse bestimmten das Thema.

»Hast du es schon gelesen? Ich meine den Artikel mit dem Toten. Direkt bei uns um die Ecke ist das passiert!«, meinte Horst Behrend, der die Zeitung in der Hand hielt und ebenfalls in der Belmsdorfer Straße wohnte.

»Ich dachte mir gestern schon, dass etwas Schlimmes vorgefallen sein muss. Es standen drei Polizeiautos und ein Krankenwagen mit Blaulicht vor dem Haus. Und das am Sonntag früh um sechs, wo anständige Menschen noch schlafen! Meine Frau war stocksauer, das kannst du dir ja vorstellen.«

»Kennst du den Kerl etwa?«, wollte Michael Schlenkrich wissen.

»Ja sicher kenn ich ihn. Ich hab den öfter gesehen, als mir lieb war. Der Ritter ist bei uns draußen bekannt wie ein bunter Hund. Dauernd bringt er fremde Leute mit, feiert Partys mit lauter Musik bis in die Puppen und grölt dann auf der Straße rum. Wir hören das Geplärre fast jede Nacht. Im Altersheim an der Ecke beschweren sich die Leute auch dauernd darüber. Aber was will man machen?

Ich hab schon ein paarmal aus dem Fenster gerufen, dass sie endlich Ruhe geben sollen. Denkst du, die Brüder lassen sich von uns Alten was sagen? Die lachen uns doch nur aus. Und die Polizei verwarnt sie höchstens wegen nächtlicher Ruhestörung, mehr passiert da nicht. Kaum ist die Streife wieder weg, geht das Theater von vorne los.

Jedenfalls soll ihn seine neueste Freundin gefunden haben, als sie von der Nachtschicht kam. Ich bin ja mal gespannt, was dabei rauskommt. Meine Frau sagte, der Bursche hätte schon dreimal im Gefängnis gesessen. Der alte Gebauer von nebenan hat ihr das erzählt. Der kriegt ja alles mit, weil er den ganzen Tag aus dem Fenster guckt und mit jedem redet.

Es war irgendwas mit Drogenhandel vorm Gymnasium. Außerdem ist er letztes Jahr wegen schwerer Körperverletzung angezeigt worden. Da hat er wohl mit seinen Kumpels im Kleingartenverein randaliert und sich mit den Leuten dort angelegt. Das gab bestimmt ′ne schöne Prügelei.

Wie auch immer! Wer weiß, ob der Idiot nicht selber was von seinem Dreckszeug genommen hat. Geschähe ihm recht!«

»So einem Radaubruder täten wir aber Beine machen. Da halten alle zusammen, wenn sich jemand nicht benehmen kann. Bei uns in Goldbach gäbe es sowas nicht«, erwähnte der Altgeselle Andreas Ranke mit einer sehr bezeichnenden Geste.

»Na klar, weils in Hunde-Gulbsch außer hochgeklappten Bürgersteigen und Strohballen gar nichts gibt! Da sind doch alle miteinander verwandt«, fügte Anton Meinhard, der Azubi im dritten Lehrjahr, vorlaut hinzu.

»Ja leck mich doch am Arsch, du eingebildeter Rotzlöffel! Komm mir ja nicht so!«, fuhr Ranke erregt in die Höhe. »Du denkst wohl, weil du in Bühlau an der Hexenburg wohnst, bist du was Besseres? Das ist auch nur eine kleine Klitsche, vergiss das mal nicht! Komm erst mal in meine Jahre, bevor du anfängst, mich zu belehren!«

Der Altgeselle war wütend und zeigte das auch. Es fehlte nicht mehr viel zu einem handfesten Streit.

»Guten Morgen zusammen!«, unterbrach Margarete lächelnd die hitzige Debatte. Sofort wurden die Mienen der Männer freundlicher. Seit sie das Büro verwaltete, gab es weder Zank um die Lohnabrechnung noch umständliche Suchaktionen nach wichtigen Dokumenten.

Man mochte sie gern, nicht zuletzt wegen ihres Organisationstalents, das allen Beteiligten viel Zeit ersparte. Dass sie eine wahrhaft schöne und alleinstehende Frau war, regte die Gemüter ebenso an.

Natürlich registrierte Margarete die anfänglichen Avancen, die ihr besonders seitens Michael zuteilwurden. Mehr als einmal hatte er sie bereits eingeladen, mit ihm zum Essen zu gehen oder sich wenigstens eins seiner Fußballspiele anzusehen. Schließlich war er der beste Stürmer in der 1. Mannschaft der SG Frankenthal und zudem ein engagiertes Mitglied der Freiwilligen Feuerwehr.

Aber sie reagierte nicht oder nur sehr spartanisch auf die Annäherungsversuche des verliebten Kollegen. Nichts wollte sie weniger, als sich so kurz nach der Scheidung gleich in ein neues Abenteuer zu stürzen. Demnach kamen weder das Heimspiel gegen den SV Traktor Malschwitz – wo immer dieser Ort liegen mochte – noch das Abendbrot in Michaels örtlichem Lieblingsgasthof infrage, ganz egal, wie er die hervorragenden Kochkünste desselben anpries.

So sehr er sich auch bemühte, ihr die Spielmodalitäten und die Abläufe der ewag-Kamenz-Liga zu erläutern, so desinteressiert war und blieb sie. Als sie ihm dies vor ein paar Tagen zum wiederholten Male freundlich, wenn auch recht deutlich, mitteilte, quälte er sich ein enttäuschtes »Entschuldigung, ich wollte Ihnen nicht zu nahe treten!« heraus. Seitdem richtete er das Wort nicht mehr an sie, wenn es sich irgendwie vermeiden ließ. Für dienstliche Belange galt ohnehin der Vorarbeiter Horst Behrend als ihr erster Ansprechpartner.

»Ach, Frau Windrich, guten Morgen. Gut, dass Sie schon hier sind. Warten Sie bitte einen Moment? Ich habe noch ein paar Auftragszettel von dem Einfamilienhaus in Neukirch zum Abrechnen im Wagen. Der Chef fragte mich letzten Freitag schon danach.«

Schon kramte Horst im Handschuhfach seines Transporters und übergab ihr mit schuldbewusstem Blick einen Stapel handbeschriebener und leicht zerknitterter Schriftstücke. Auf dem Deckblatt klebte ein wenig Senf, was ihm sichtlich peinlich war. Zu seinem Erstaunen schnupperte Margarete daran, grinste und sagte dann schlagfertig: »Na hoffentlich war es Bautzner!«, ehe sie ins Büro verschwand.

Der Junggeselle Michael schaute ihr schwärmerisch hinterher und seufzte leise auf. Die Frau hatte aber auch Beine! Heute trug sie zu allem Überfluss einen engen, knielangen Rock, der ihre weibliche Figur vorteilhaft betonte, und dazu noch unverschämt hohe Schuhe. Dieser wogende Apfelpo war einfach ein Gottesgeschenk, das eine nähere Betrachtung lohnte!

»Nun gaff ihr doch nicht so aufdringlich nach, du Dussel! Glaubst du, sie merkt das nicht? Margarete ist doch nicht blöd! Muss ich dir wirklich noch beibringen, wie man eine Frau umgarnt? Zu meinen Zeiten hat man sich nämlich schlauer angestellt.«

Horst schüttelte einmal mehr den Kopf über so viel Ungeschick. Er fand, dass ein wenig mehr Zurückhaltung angebracht wäre. Nachdem er dem Kollegen noch einen anständigen Knuff mit dem Ellenbogen verpasste, stieg er ins Auto.

»Sieh zu, Kerl, einsteigen! Wir müssen uns sputen!«, brummte er unwillig.

Es war besser, den Hof verlassen zu haben, wenn der Chef in wenigen Minuten zur Arbeit erschien. Fände er seine vier Mitarbeiter noch schwatzend auf dem Firmengelände, so gäbe es sicher ein berechtigtes Donnerwetter.

Gleichwohl beschäftigte die Todesmeldung kurz danach auch Herrn Schinkwitz, was er mit einem einzigen Satz quittierte: »Du lieber Himmel! Hier wird einem wirklich was geboten!«

Auf ein längeres Gespräch über den brisanten Artikel ließ er sich jedoch nicht ein. Er schob die Zeitung leise seufzend beiseite und widmete sich vorerst dem heutigen Posteingang. Margarete hatte die Briefe bereits nach Dringlichkeit vorsortiert und ihm auf den Schreibtisch gelegt.

»Rechnungen, nichts als Rechnungen!«, murmelte er mit verkniffenem Gesicht, als er den Stapel betrachtete.

Wie immer war er in Eile, wie immer schwer gestresst und wie immer bemüht, keinen allzu persönlichen Umgang mit seinen Angestellten zuzulassen. Seiner neuen Büroangestellten konnte er keinen größeren Gefallen tun. Margarete legte ebenfalls wenig Wert darauf, im beruflichen Umfeld private Freundschaften zu schließen.

Arbeit ist Arbeit und Freizeit ist Freizeit! So lautete stets ihr Motto, und sie fuhr gut damit. Nur ein einziges Mal hatte sie diese eiserne Regel nicht beherzigt und sich darauf eingelassen, als Sekretärin im Geschäft ihres Verflossenen zu arbeiten.

Eine schlechte Entscheidung, die sie sehr bald bereute, denn was dabei rauskam, waren an die zwei Jahre Scheidungskrieg und ein langer Kampf um die ihr noch zustehenden Löhne. Diese auszuzahlen hatte Jochen nämlich nicht vor, ebenso wenig wie die Zugewinne aus der Ehe, die er trotz des rechtskräftigen Gerichtsurteils immer noch zurückbehielt. Nein und noch einmal nein! Dergleichen kam für Margarete nicht mehr infrage!

Der Tag verging recht schnell. Auf dem Heimweg, der sie über den Markt führte, bemühte sie sich, das orangerote Monstrum zu ignorieren. Der sogenannte *Kunstturm* jagte ihr jedes Mal einen kalten Schauer über den Rücken. Freilich lag Kunst im Auge des Betrachters, und es gab sicher Menschen, die den Turm wundervoll, ausdrucksstark und schön fanden.

Zweifellos hatte auch diese moderne Art der monumentalen Gestaltung einen berechtigten Platz in der heutigen Zeit. Innerhalb eines schicken neuen Wohnviertels könnte man sich eine solche Skulptur gut vorstellen, aber doch nicht auf Bischofswerdas Marktplatz mit seinen altehrwürdigen Gebäuden.

Margarete gehörte ganz und gar nicht zu den Befürwortern des avantgardistischen Werkes. Noch weniger war sie geneigt, deren unermüdliche Überzeugungsarbeit mit Zustimmung zu honorieren. Ihrer Ansicht nach trug das komische Stahlding kaum dazu bei, die Attraktivität der Stadt zu erhöhen. Wer auch immer sich diese unästhetische Scheußlichkeit ausgedacht hatte, er war jedenfalls klüger als die zuständigen Behörden, die sie für sehr viel Steuergeld hier aufbauen ließen!

Angeblich wurde an der Stelle im 16. Jahrhundert das erste Rathaus gebaut, dessen Turm das Kunstwerk abbilden sollte. Für

Margarete war das noch lange kein hinreichender Grund, den ansonsten sehr romantischen und gemütlichen Markt mit so einem … Ja, wie wollte man es am besten nennen?

Es sah ein wenig aus wie ein Schandkorb aus besagter Zeit, in den man Menschen sperrte, die etwas Verbotenes getan hatten. Dieser wurde dann gleich einem Vogelkäfig zu jedermanns Belustigung für mehrere Tage aufgehangen, meist direkt an der Stadtmauer. Nicht selten verdursteten oder verhungerten die Sträflinge darin und wurden, teils noch lebend, zum willkommenen Festmahl für Krähen und Raben.

Mochten die Freunde des Kunstturmes stur behaupten, das in den Verstrebungen hängende Prisma sei die Darstellung der früheren Turmglocke. Für Margarete war und blieb es keine Sehenswürdigkeit. Daran änderte auch die Tatsache nichts, dass es als ein interaktives Erlebnis bezeichnet und stolz beworben wurde.

Schnell lief sie weiter und erreichte kurz danach das Ende der Wallgasse. Dort erfreute sie sich noch an ein paar lärmenden Kindern, die auf dem Spielplatz im Lutherpark tobten. Ein entspannendes Gefühl von Feierabend machte sich in ihr breit, während sie der lauten Meute auf dem Klettergerüst zusah.

»Hab dich! Du bist!«

»Nein, du!«, kreischten die Kleinen sich gegenseitig ins Ohr, während die dazugehörigen Mütter entspannt abseits auf den Bänken saßen und ein Schwätzchen hielten.

Nur noch ein paar Minuten Fußweg, vorbei am Klinikum und dem Autohaus, und dann erwartete sie eine herrliche Tasse Kaffee unter ihrem Apfelbaum. Vielleicht ließ sich Kirsten im Garten blicken, sofern sie Zeit dazu hatte. So beschwingt, wie sich Margarete im Moment fühlte, wäre ihr sogar Herr Nicklich mit seinen nicht enden wollenden Storys aus der Nachbarschaft recht.

Mit einem beruhigten Lächeln auf den Lippen bog sie in den Klengelweg ein. Ja, es war schön hier!

Die Vorteile des eher ländlichen Lebens gegenüber der anstrengenden Großstadt überwogen eindeutig. Margarete hatte einen wesentlichen Teil ihrer Kindheit bei den Großeltern in Geißmannsdorf verbracht und sich in ihrer Zeit in Dresden immer danach gesehnt, irgendwann in diese Gegend zurückzukehren. Daheim! Endlich wieder daheim!

Kapitel 4

Zur gleichen Zeit in der Kriminalpolizeiinspektion Dresden

Herbert Stark trug seinen Namen völlig zu Recht. Der leitende Kriminaloberkommissar war in seiner Abteilung gefürchtet, weil er sagte, was er dachte und genau das auch zu tun pflegte. Seit vielen Jahren alleinstehend, scheute er sich nicht, den Feierabend gänzlich außer Acht zu lassen, wenn es im Dienst etwas von hoher Dringlichkeit zu erledigen gab.

Hinter vorgehaltener Hand nannte man ihn »Kommissar Kanone Sechseck«. Kanone deshalb, weil er genau wie eine solche vorzugehen pflegte, wenn ihn etwas zur Weißglut trieb. Weder die Untergebenen noch die Vorgesetzten waren davor gefeit, sich das dazugehörige Donnerwetter anzuhören. Den ungewöhnlichen Beinamen Sechseck verdankte er dem wabenförmigen Tisch, den er in seinem Büro aufstellen ließ.

An eben jenem Tisch erfolgten neben den allmorgendlichen Teammeetings auch die internen Gespräche unter vier Augen. Es interessierte ihn dabei keineswegs, dass manche Dinge *schon immer so* gehandhabt wurden und dass seine Mitarbeiter anmerkten, *wie viel ruhiger* es vormals in der Abteilung zuging.

Mit den Worten »Wir sind hier nicht im Debattierklub, Herrschaften!« unterband er dergleichen Diskussionen sofort. An einer von ihm angesetzten Besprechung hatte jeder teilzunehmen, der sich gerade im Innendienst befand.

Der erfahrene Ermittler durchschaute es sofort, wenn sich jemand davor zu drücken versuchte. Einen Kollegen, der ihn diesbezüglich austricksen wollte, lud er sogar persönlich vor, sehr zum Gelächter der anderen Polizisten. Jedwede Art von Schlamperei, wie zum Beispiel ausgedehnte Raucherpausen, andauernde Kaffeekränzchen oder private Besorgungen während der Arbeitszeit, wurde von ihm nicht geduldet.

Auch darin unterschied er sich erheblich von seinem mittlerweile in Pension befindlichen Vorgänger, der nurmehr seine letzten Jahre im Dienst absitzen wollte, und das möglichst unauffällig. Stark hingegen sah solche Verhaltensweisen als despektierlich gegenüber dem Steuerzahler an, der mit seiner Hände Arbeit auch für die Besoldung der Polizei aufkam. Unter seiner rigorosen Leitung brachten er und seine Mitarbeiter diverse Delikte zur Aufklärung, die teilweise noch aus den unsortierten Aktenbergen der vergangenen zwei Jahre stammten.

Auch in seinem Dezernat musste an allen Ecken und Enden gespart werden, weil es seitens des Bundes und des Landes Sachsen so angewiesen wurde. Mehrere Stellen wurden ersatzlos gestrichen oder der Einfachheit halber nicht neu besetzt, nachdem der Betreffende aus dem Dienst ausschied.

Zwischenzeitlich hatte er für volle drei Monate keine Sekretärin mehr, weswegen sämtliche Berichte selbst getippt werden mussten.

Dennoch schaffte er das Unmögliche, nämlich die Aufarbeitung fast aller Fälle, die man bisher unbeachtet ließ oder wegen der allgegenwärtigen Fristüberschreitung einstellen musste. Die Beamten der Staatsanwaltschaft hatten nicht zuletzt seinetwegen diverse Überstunden einzulegen, was ihn natürlich auch dort eher unbeliebt machte. Andererseits schätzten eben jene Beamte Stark dafür, was er tat und vor allem, *wie* er es tat, nämlich äußerst effizient.

An diesem Montagnachmittag aber zeigte sich sogar der strahlende Stern der Mordkommission voller Zweifel, ob er hier wirklich am richtigen Platz war. Soeben legte sein Partner, der begabte junge Ermittler Leon Wankowski, ihm eine neue Akte auf den Tisch. Diese trug den Vermerk »Eilsache« und wurde mit einem Boten aus der Dienststelle Bautzen übersandt.

Ein Umstand, der nicht allzu häufig vorkam und ihn dazu drängte, die Massenprügelei nach einem Fußballspiel kurz beiseitezulegen, was ihm sehr leichtfiel. Die Ultras des FC Dynamo Dresden und die Ultras vom FC Erzgebirge Aue mochten sich seit Anbeginn aller Zeiten nicht. Was das noch mit Fankultur zu tun hatte, vermochte Stark nicht einzuschätzen. Seiner Ansicht nach gehörten Prügeleien vor und nach einem Derby nicht in ein Stadion, wo es um Begeisterung für den Mannschaftssport gehen sollte.

Aber so geschah es eben auch bei diesem Spiel – eine unendliche Geschichte mit mehr als fünfzig Beteiligten, die ganz sicher noch warten konnte. Die darin involvierten Herren waren es gewohnt, im wahrsten Sinne des Wortes blauäugig zu sein. Stark nahm mit Recht an, dass es spätestens beim nächsten Zusammentreffen der verfeindeten Fans einen neuen Eintrag mit den gleichen Personen in dieser Akte geben würde.

»Hat der Staatsanwalt irgendwelche Anweisungen für die Obduktion hinterlassen oder muss ich das noch beantragen? Wurde der Tote bereits zu uns überstellt? Frag bitte in der Rechtsmedizin nach, wann ich den Bericht haben kann. Und wenn du Dr. Holtke schon am Telefon hast, erinnere ihn bitte daran, dass ich seit inzwischen acht Tagen auf die Befunde von dem gemeinschaftlichen Totschlag in Laubegast warte. Es bleiben uns nur noch drei Wochen Frist. Dann muss die Anklage raus«, gab er seinem Kollegen mit auf den Weg.

Wankowski nickte und verschwand wieder aus dem Büro. Zeit genug für den Vorgesetzten, den grauen Ordner aufzuschlagen, der ihn bereits jetzt neugierig machte. Als er aber las, dass der

Verstorbene laut Erstuntersuchung keine äußerlichen Verletzungen aufwies, wurde er stutzig. Es handelte sich um einen unerklärlichen Todesfall, nach derzeitigem Erkenntnisstand ohne Fremdeinwirkung. Der dazugehörige Fundort lag im Süden von Bischofswerda. Warum also wurde er, ein anerkannter Spezialist für Gewaltverbrechen, hinzugezogen?

Leise seufzend schaute Stark auf die übergroße Uhr an der Wand. Deren Zeiger befanden sich jenseits von 17.00 Uhr. Um diese Zeit gab es wahrscheinlich keine Chance mehr, den zuständigen Bautzener Kollegen noch zu erreichen. Demnach vertiefte er sich in die bestehenden Aufzeichnungen und machte sich eifrig die ersten handschriftlichen Notizen, bis das läutende Telefon ihn unterbrach. Dr. Holtke war dran, seines Zeichens langjähriger Leiter der Abteilung Rechtsmedizin und außerhalb der Dienstzeit sein bester Freund.

»Jetzt hör mir mal gut zu, Herbert! So geht das nämlich nicht! Was glaubst du eigentlich, wie hoch mein Pensum ist? Denkst du, ich kraule mir hier unten gepflegt den Bauch und sitze bis zum Feierabend im Schaukelstuhl?«, polterte dieser ohne Umschweife los.

»Und was soll denn das heißen, du wartest seit voriger Woche auf den Laubegaster Fallbefund? Ich habe den Patienten ja selbst erst am Freitag begutachten können. Der Bericht liegt bei meiner Sekretärin und wird gerade geschrieben. Sobald die gute Frau damit fertig ist, trage ich die Papiere persönlich zu dir rüber, wenn du das unbedingt willst.

Aber du musst mir schon zugestehen, dass auch ich mal ein Wochenende für mich haben möchte! Mein Sohn hat mich mit den Enkelkindern besucht. Auf die zwei Tage wird es ja nun nicht ankommen, oder?«

Holtke war ob der versteckten Ermahnung Starks mehr als verstimmt, wie man an seiner harschen Tonart erkannte. Ohne eine Antwort abzuwarten, machte er sich und seinem Ärger weiterhin Luft.

»Tja, und was den neuen Fall betrifft, kann ich dir lediglich verraten, dass der Mann aus Bischofswerda noch gar nicht eingeliefert wurde. Ich warte ja selbst auf ihn. Bisher wurde mir die Überstellung nur telefonisch angekündigt. Ich kenne also auch lediglich den Namen und das Geburtsdatum. Das Bestattungsunternehmen hat mir aber vorhin versprochen, in etwa zehn Minuten hier zu sein.«

»Ich weiß, du tust dein Bestes, Richard. Ich meine es ja nicht böse«, antwortete Stark, als er endlich zu Wort kam. Man merkte es ihm durchaus an, wenn er resignierte.

»Dann jag auch nicht dauernd deinen Protegé raus zum Anrufen, Mensch! Wie lange kennst du mich schon? Du weißt doch, dass ich dich nicht hängenlasse. Ich melde mich seit Jahr und Tag, sobald ich ein paar brauchbare Ergebnisse vorweisen kann. Apropos Ergebnisse, ich hätte da noch eine Frage. Was ist denn bei deiner Untersuchung gestern rausgekommen?«

»Nicht jetzt, Richard, wir sprechen später darüber!«

Die etwas zu schnelle Antwort seines Freundes kränkte den Rechtsmediziner nicht. Sie besorgte ihn eher, weil sie so gar nicht nach »Alles in Ordnung« klang. In den vergangenen drei Wochen trug Holtke sich mit der Idee, seine ärztliche Hilfe anzubieten. Schließlich verfügte er als diplomierter Pathologe über ein modern eingerichtetes Labor. Eine zweite Meinung zu Starks gesundheitlichem Problem konnte sicher nicht schaden.

Andererseits kannte er Herbert seit vielen Jahren. Nichts hasste dieser mehr, als wenn ihm etwas aufgenötigt werden sollte, um das er nicht ausdrücklich gebeten hatte. Bis jetzt handelte es sich nur um einen »Verdacht auf Magengeschwüre, vielleicht Krebs«, wie Herbert ihm vorige Woche in dürren Worten mitteilte. Solange er selbst nicht bereit war, sich etwas detaillierter mitzuteilen, würde Holtke ihn auch nicht dazu drängen.

Mitten in diesen Entschluss platzte ein junger Mann in den Vorraum der Abteilung Rechtsmedizin. Er trug ein Klemmbrett in den Händen, das er Holtke nun wie ein Plakat vor die Nase hielt.

»Tut … Also es tut mir wirklich leid, dass Sie so lange warten mussten, aber ich hab es nicht eher geschafft. Sie können sich nicht vorstellen, was das für ein Stau auf der A 4 war! Ab Hermsdorf ging es nur noch im Schritttempo voran. Die ganze Strecke war voller Lkws. Und dann ist auch noch ein Sattelzug gleich hinter der Auffahrt liegengeblieben, ausgerechnet dort, wo heute eine Spur wegen Bauarbeiten gesperrt wurde.

Die Polizei hat den Verkehr dann umgeleitet, aber auf der Straße über Weixdorf ging es zeitweilig nur im Schritttempo voran. Jedes Mal das Gleiche, wirklich!«, stammelte er hochroten Kopfes.

»Danke für die detaillierte Information über die momentane Verkehrslage auf der Autobahn Richtung Dresden. Ich werde es beherzigen. Für mich wäre es allerdings wesentlich interessanter, wenn Sie mir verraten, wo mein Patient ist!«, entgegnete der Doktor schmunzelnd.

Der stark schwitzende Bestatter wies mit dem Daumen über seine Schulter, was wohl bedeuten sollte, dass der Tote noch draußen im Wagen läge.

»Kann ich vielleicht mit dem Auto in den Hof fahren? Mein Kollege und ich würden den Sarg nur ungern über das ganze Gelände tragen. Der Mann war ziemlich schwer, wissen Sie?«

»Sagen Sie, wie lange machen Sie diese Arbeit schon?«, fragte Holtke unvermittelt.

»Ich hab den Job erst seit ein paar Wochen.«

Zerknirscht sah der junge Mann auf seine blankgeputzten Schuhe, während sein Gegenüber verständnisvoll nickte. Es standen genügend Schilder am Eingang des Dezernates. Vielleicht hatte der Neuling sie in seiner Aufregung übersehen.

Den meisten Bestattungsunternehmen im Umkreis war bekannt, dass sie nur den betreffenden Knopf an der Schrankenanlage drücken und sich anmelden mussten. Er aber lief wohl zuerst durch das Haupthaus und anschließend über den gesamten Innenhof, was zumindest seinen säuerlichen Körpergeruch erklärte.

»Nun denn, wir sollten keine weitere Zeit verlieren. Fahren Sie bitte vor, damit ich mich meiner Aufgabe widmen kann. Die Sekretärin wird Ihnen erläutern, wie Sie und Ihr Kollege auf schnellstem Wege herkommen. Lassen Sie die Papiere ruhig gleich hier. Auf diese Art kann ich mich schon entsprechend einlesen.«

Daraufhin nahm Holtke das Klemmbrett in Empfang und wies dem Bestatter die Tür. Anschließend bereitete er sich routiniert auf die anstehende Obduktion vor. Dazu gehörte nicht nur die Sortierung der Sektionsbestecke in Griffhöhe. Auch die Schalen mit vierprozentiger Formaldehydlösung für die histologische Untersuchung der Proben mussten, einer bestimmten Ordnung folgend, bereitstehen. Zuletzt erfolgte die gründliche Desinfektion des Tisches.

Dr. Richard Holtke überließ aus Prinzip nichts dem Zufall. In dem Punkt glichen er und Herbert Stark sich sehr. Allerdings würden an diesem Abend beide Männer vom üblichen Dienstprocedere und der damit verbundenen Akkuratesse abweichen.

Nach der ordnungsgemäßen Übergabe der Leiche verglich Holtke die Fallnummer mit den Aufzeichnungen und begann mit der Arbeit. Schon beim ersten Schnitt in den Brustkorb bemerkte der erfahrene Rechtsmediziner einen eigenartigen Duft, der nicht recht dazu passen wollte. Als er etwas später den Rippenspreizer ansetzte, wusste er auch, woran ihn dieser erinnerte. Der Tote roch nach …

Kapitel 5

Nachrichten

Barbeque? Sagtest du gerade, der Leichnam riecht nach *Barbeque*? Bei allem Respekt, Richard, bist du noch bei Trost?« Stark konnte nicht fassen, was er gerade von seinem Kollegen hörte.

»Ja! Und noch einmal ja! Wenn du mir nicht glaubst, komm runter und sieh dir die Scheiße selber an. Ich weiß nämlich nicht, was ich davon halten soll. Sowas hab ich noch nie erlebt!«, rief Holtke fast panisch ins Telefon, ehe er den Hörer auf den Apparat warf und zu seinem Sektionstisch zurückkehrte.

Zum ersten Mal in seiner Karriere zitterten ihm die Hände. Ebenfalls zum ersten Mal bat er mitten in der Obduktion einen leitenden Ermittler hinzu. Das verstieß eindeutig gegen die Dienstregeln, denn außer dem Personal der Abteilung Rechtsmedizin hatte laut der Hygienevorschrift niemand etwas in den steril gehaltenen Räumen zu suchen. Doch die Umstände, so brisant wie unfassbar, ließen dem Pathologen das Blut in den Adern stocken.

Keine zwei Minuten später traf Stark ein und meldete sich an der Sprechanlage, aufgrund des schnellen Laufes schwer nach Atem ringend.

»Bin da!«, sagte er knapp.

»Schutzanzug, Maske, Handschuhe, Kopfbedeckung und Visier anziehen bitte, du findest alles im Vorraum. Und Herbert? Ich kann dir nicht sagen, was genau mit Herrn Ritter passiert ist. Ich weiß nur, dass es sämtlichen medizinischen Normalitäten widerspricht!«, entgegnete Holtke.

Neben dem Toten lagen dessen Herz, die Leber, die Lunge und beide Nieren in den dafür bereitgestellten Schalen aus Edelstahl. Er hatte noch keine zusätzliche Gewebeprobe entnommen. So wie die inneren Organe aussahen, musste er sich damit auch nicht beeilen, weil kein schneller Verfall mehr zu befürchten war. Weder Blut noch Gewebeflüssigkeit traten aus.

So hob auch Kommissar Stark die Nase in die Luft, als er den Obduktionssaal in vorschriftsmäßiger Kleidung betrat. In diesem Moment wusste er, was sein Freund mit dem Begriff Barbeque meinte. Der ganze Raum war vom Odeur nach gebratenem Fleisch erfüllt. Es roch dermaßen penetrant, dass selbst die emsig rauschende Luftfilteranlage an ihre Grenzen kam.

»Sieh dir das nur an, Herbert! Ist dir in deiner Laufbahn je ein Fall untergekommen, bei dem so etwas passiert ist?«

Holtke zeigte auf die verschmorten Organe und schüttelte entsetzt den Kopf, ehe er weitersprach.

»Er muss schreckliche Qualen erlitten haben. Interessanterweise ist der Magen-Darm-Trakt überhaupt nicht davon betroffen. Ich dachte zuerst an die Einnahme von chemischen Substanzen, vielleicht Säuren oder ähnlich ätzende Flüssigkeiten. Aber das würde die Organe auch äußerlich in Mitleidenschaft ziehen.

Das Gewebe wäre in dem Fall mindestens angegriffen, wenn nicht gar zerfressen.

Und wie du siehst, ist es seinem Aussehen nach vollkommen intakt, nur eben … Wie sag ich das jetzt am besten? Gut durch?«

Mit großen Augen starrte Stark auf den geöffneten Torso des Leichnams. Er rang sichtlich um Fassung angesichts des schaurigen Anblicks, der sich ihm bot. Zudem ging ihm der durchdringende Gestank mit jeder Minute mehr auf die Nerven, der sogar den sonst üblichen Duft nach Desinfektionsmittel verdrängte.

»Schau her, das ist die Milz, die Bauchspeicheldrüse und hier liegt die Blase«, erklärte Holtke, indem er mit dem Zeigefinger auf die entsprechenden Organe wies. »Im gesamten Brust- und Bauchraum ist im Grunde alles anatomisch korrekt, abgesehen von den Entnahmen. Auch die Extremitäten, das Knochengerüst und der Kopf zeigen keinerlei physische Auffälligkeiten«, fuhr Holtke fort.

»Was mich aber wirklich beschäftigt, ist die Frage, wie sich fünf lebenswichtige Organe selbst verbrennen können. Ich habe die gesamte Epidermis gründlich auf eventuelle Einstiche untersucht, leider ohne Befund. Es gibt weiterhin keine Anzeichen, dass er etwas geschluckt oder anderweitig eingeführt bekommen hat. Weder in der Mundhöhle noch in der Speiseröhre habe ich Hinweise dafür gefunden.

Rektum, Analkanal und After sind ebenfalls unauffällig, bis auf ein paar inzwischen vernarbte Hauteinrisse, die deutlich älter als ein Jahr sein dürften. Für Nase und Ohren hatte ich noch keine Zeit, wobei ich diese Körperöffnungen im Grunde schon jetzt ausschließen kann. Aufgrund des hohen Schmerzlevels wird dort so gut wie nie etwas reingesteckt, es sei denn, wir sprechen hier von Folterung.

Also werde ich mich jetzt der Untersuchung der Proben widmen, wobei ich schon ahne, was dabei herauskommt. Darüber hinaus spreche ich noch heute mit ein paar Kollegen. Möglicherweise kennt doch jemand dieses Schadensbild oder hat bei einer Tagung davon gehört. Für heute weiß ich nur, dass ich absolut keine Ahnung habe, wie der Mann zu Tode kam. Dies ist keinesfalls eine normale Verbrennung. Es wird also noch einige Zeit dauern, bis ich dir einen aufschlussreichen Bericht liefern kann.«

Der Rechtsmediziner sah ratlos auf sein bislang unbeschriebenes Formular. Er ahnte bereits jetzt, dass sein Patient ihm mehrere Rätsel aufgeben würde. Andererseits wäre er nicht Dr. Holtke, wenn er nicht alles daran setzen würde, dieses unerklärliche Phänomen wenigstens halbwegs passabel zu lösen und die Ursache der innerlichen Inbrandsetzung aufzuklären. Stark sah das ebenso, weshalb er seinem Freund jetzt auch Mut zusprach.

»Ich sorge dafür, dass dir zwei zusätzliche Kräfte aus anderen Dezernaten zugeteilt werden, und wenn ich sie persönlich von ihren derzeitigen Fällen abziehen muss. Dieser Tote hat absoluten Vorrang. Ich bekam vorhin ein entsprechendes Fax vom Staatsanwalt.

Und Richard? Ich verlasse mich auf dich und dein untrügliches Gespür. Wenn es überhaupt jemand schafft, dann du.«

In seinen Worten lag ein tiefes Vertrauen. Seit mehr als zwanzig Jahren arbeiteten sie Hand in Hand. Selbst auf die kniffligsten Fragen fand Holtke eine Antwort. Manchmal innerhalb von Minuten, weil er auch ungewöhnliche Denkansätze zu beachten pflegte. Manchmal erst nach mehreren Wochen, sofern ein Leichnam wie dieser viele Fragen aufwarf, aber er fand schlussendlich die Lösung. Warum sollte sich das ausgerechnet bei diesem Opfer ändern?

Stark verließ die Rechtsmedizin dennoch mit zwei gänzlich verschiedenen Gefühlen. Es lag daran, dass er für Holtke beruflich gesehen beide Hände ins Feuer legen würde. Im Privatleben aber, und seine Gesundheit sah er als Teil dessen, brachte er es nicht über sich, seinem Freund die Wahrheit zu sagen.

Der Ermittler hatte das ärztliche Schreiben für den Hausarzt sehr wohl bekommen und es noch am gleichen Tag peinlich genau durchgelesen. Was darin stand, verhieß nichts Gutes.

Am liebsten wäre er in der Dienststelle geblieben, um daheim nicht seinen trüben Gedanken ausgesetzt zu sein. Es war nicht nur »vielleicht Krebs«, sondern allem Anschein nach ein beginnendes Magenkarzinom. Die am Vortag erfolgte Gastrokopie bewies das eindeutig.

Man hatte ihm im Zuge dessen kleine Gewebeproben entnommen, die zur Auswertung ins Labor geschickt werden sollten. So oder so stünde mindestens eine Operation an, sollte sich der Verdacht bestätigen. Beider dieser wurde der Magen zum Teil oder, falls nötig, auch zur Gänze entfernt, sagte ihm der Internist. Und Stark, den für gewöhnlich im Privatleben nicht viel aus der Ruhe brachte, musste das erste Mal in seinem Leben ernsthaft an sich halten, um nicht in Zukunftsängste und nackte Panik zu verfallen.

Einige Tage später sprach das ganze Land vom Fall Matthias Ritter, den man guten Gewissens als den Beginn einer ganzen Reihe bezeichnen konnte. Insgesamt fünf Opfer standen am Donnerstag, dem 14. Juni, zu Protokoll. Dem Toten in Bischofswerda folgten jeweils ein Mann aus Dresden, Großharthau, Ottendorf-Okrilla und schließlich ein ehemaliger Fußballtrainer aus Frankfurt am Main. Sie alle hatten außer der schrecklichen Art des Ablebens und ihrem Geschlecht nichts Nennenswertes gemeinsam.

Die Polizei suchte mit Hochdruck nach Zeugen, bat in mehreren Fernsehkanälen um die Mithilfe der Bevölkerung und veröffentlichte Bilder über Facebook und andere soziale Netzwerke. Es bildete sich eine Sonderkommission »Selbstentzündung BIW« mit Hauptsitz im Dresdener Dezernat. Der Leiter dieser Kommission war Herbert Stark. Zu diesem Zeitpunkt ahnte er nicht, was auf ihn zukam. Der Höhepunkt der mysteriösen Serie stand ihm und seinen Kollegen noch bevor.

Frau Förster, die fleißige Reporterin der Sächsischen Zeitung, schrieb sich die Finger wund. Andere Ereignisse, eigentlich nicht minder bemerkenswert, verblassten neben den unerhörten Geschehnissen und führten in der regionalen Tagespresse eher ein Schattendasein.

In und um Bischofswerda redete kaum noch jemand von den allseits beliebten »Schiebocker Tagen« oder gar vom anstehenden Neubau der Bahnbrücke an der Neustädter Straße. Nicht einmal die sonstigen Aufreger innerhalb der Lokalpolitik bewegten die Gemüter. Einzig die Morde, die man inzwischen auch in der Bevölkerung als solche benannte, rückten die Stadt nebst den umliegenden Tatorten in erhöhtes öffentliches Interesse.

Fieberhaft telefonierte sie mit dem Pressebeauftragten der Dresdener Polizeiinspektion, machte sich Notizen, entsandte einen Fotografen und erstellte ihre Texte. Inzwischen kannte sie den Namen des leitenden Ermittlers. Dieser würde sich, so versprach man ihr, in Bälde für ein Interview zur Verfügung stellen. Die Reporterin strich daraufhin rigoros alles durch, was sich in den nächsten Tagen in ihrem Terminkalender befand.

Kapitel 6

Erkenntnisse

Nachdem Margarete am Nachmittag zum zweiten Mal ohnmächtig von ihrem Schreibtischstuhl kippte, fuhr Herr Schinkwitz sie persönlich zum Arzt. Seit Wochenbeginn fiel ihm die merkwürdige Zerstreutheit seiner Mitarbeiterin auf. Am Dienstag erschien sie, gemeinhin das Paradebeispiel für einen gepflegten Business-Style, in verwaschenen Jeans und T-Shirt zur Arbeit. Dazu trug sie zwei nicht zueinander passende Sandalen.

Dies war zwar heute nicht der Fall, aber sie kam dennoch unfrisiert und ohne jegliches Make-Up in die Firma. Das lockige Haar hatte sie entgegen der sonstigen Gewohnheit nur mit einem Zopfgummi lose zusammengebunden. Einzelne Strähnen hingen heraus, als säße sie gerade am Strand und nicht im Büro. Zudem war sie blass, hatte tiefe Augenringe und es fiel ihr offensichtlich schwer, sich auf einen simplen Vorgang am Computer zu konzentrieren. Sie vergaß sogar das Passwort für die Anmeldung in ihrem Buchhaltungsprogramm.

Schon als ihr morgens die Kaffeetasse aus den Händen glitt und der Inhalt derselben die Tastatur ihres Rechners flutete, reichte es dem Firmeninhaber.

»Jetzt ist es aber genug, Frau Windrich! So können Sie nicht länger arbeiten. Meinen Sie nicht, dass Sie nach Hause gehen sollten? Sie machen mir ja mehr Schaden, als dass Sie etwas vernünftig zu Ende bringen!«, knurrte er unwillig.

»Entschuldigen Sie bitte, es geht schon wieder. Ich bin heute nur ein wenig durcheinander«, stotterte Margarete.

»Dann nehmen Sie sich ab jetzt bitte zusammen!«

Daraufhin drehte sich Herr Schinkwitz um und verließ ihren Arbeitsplatz.

Margarete bemühte sich nach Kräften, konnte sogar zeitweilig ungestört arbeiten, doch dann brach ihr Unwohlsein mit aller Macht durch. Herr Schinkwitz hörte das Poltern und eilte ihr zu Hilfe. Nachdem er sie aufgehoben und auf einen Stuhl gesetzt hatte, befahl er ihr, sich nicht von der Stelle zu bewegen. Dann griff er nach dem Telefon.

Ihren schwachen Protest ließ er nicht gelten. Die Stammdatenpflege sei terminlich gesehen nicht halb so dringend wie ihr desolater Gesundheitszustand, meinte er.

»Ich kann und werde nicht dabei zuschauen, wie Sie sich schinden!«, fügte er noch hinzu.

Auch jetzt, da er mit Margarete im Wartezimmer der allgemeinärztlichen Praxis saß, unterband er brüsk ihren neuerlichen Diskussionsversuch.

»Hören Sie, es war keine Bitte von mir, sondern eine dienstliche Anweisung, wenn Sie so wollen. Sie sind derzeit nicht einsatzfähig! Also gehen Sie jetzt da rein und lassen Sie sich gründlich untersuchen!«, schimpfte er, indem er auf das Behandlungszimmer des Doktors wies.

Margarete besaß nicht einmal mehr die Kraft, sich gegen diese Form der Bevormundung zu wehren. Alles tat ihr weh, vom Kopf über die Schultern bis in den unteren Lendenbereich hinein. Am schlimmsten aber waren die Schmerzen in ihren geschwollenen Handgelenken, die bei der kleinsten Bewegung brannten, und die ständige Übelkeit. Es fühlte sich an wie nach einer stundenlangen

Achterbahnfahrt auf dem Rummelplatz. Bereits auf der Fahrt ins Ärztehaus grübelte sie, woher dieser vollkommene Erschöpfungszustand rühren könnte.

Zuerst dachte sie daran, dass es möglicherweise eine Spätfolge der ungewohnten körperlichen Tätigkeit sei. Immerhin hatte sie über viele Wochen hinweg nahezu pausenlos im Garten und im Haus gearbeitet. Tatsächlich blieb nur noch der Spitzboden, zu dessen Beräumung sie sich noch nicht entschließen konnte. Wenn sie ehrlich zu sich selbst war, musste sie eingestehen, dass ihr der Mut dazu fehlte.

Dort oben gab es außer einem winzigen Fensterchen kein Tageslicht. Lediglich eine nackte Glühbirne hing vom Dachfirst herab. Die vielen Spinnweben, die sich durch den gesamten Raum zogen, weckten in Margarete eine panische Angst, die noch aus ihrer Kinderzeit stammte. Damals kroch ihr so ein achtbeiniges Monster beim Schlafen in die Nase. Die Erinnerung an den Besuch in der Notaufnahme, wo man das eklige Getier mit einer Pinzette entfernen musste, würde sie nie vergessen.

Davon abgesehen stand da oben nichts, das ein sofortiges Handeln nötig machte. Als der Zimmermann vor ein paar Wochen auf der Leiter stand, um die Beschaffenheit des Dachstuhls zu prüfen, berichtete er von einer alten Holztruhe, einem Schaukelstuhl und zwei kleinen Kommoden.

Auch hatte er in der hintersten Ecke ein paar beschriftete Kartons gesichtet. Mäusekot oder ähnliche Hinweise auf Ungeziefer fand er indessen nicht, sodass Margarete ihrerseits keinen dringenden Grund sah, auf den Spitzboden zu gehen.

Gleichwohl galt es jetzt, gute Miene zum bösen Spiel zu machen, wie ihr Großvater immer zu sagen pflegte. Also ging sie zur Untersuchung, wenn auch sehr steif und langsam, wobei sie sich sicher war, dass ihr Vorgesetzter argwöhnisch darauf achtete.

Noch argwöhnischer blickte der Doktor sie an.

»Das sieht nach einem Hexenschuss aus!«, verkündete der junge Mann ziemlich spontan, als er ihren vorsichtigen Gang sah.

»Ich habe mich bestimmt bei der Gartenarbeit übernommen«, antwortete seine Patientin.

Nach nur wenigen Minuten revidierte der Doktor jedoch die verfrühte Diagnose.

»Hören Sie, ich muss Sie zu einem Neurologen überweisen. Das ist kein banaler Spasmus, sondern vermutlich eine handfeste Nervenentzündung, die offensichtlich Ihren gesamten Körper erfasst hat. Ich würde gern noch etwas überprüfen. Zeigen Sie mir bitte mal Ihre Hände?«

Das tat Margarete, woraufhin der Arzt sichtlich erschrak. Er tastete vorsichtig die geschwollenen Gelenke bis zu den Fingerspitzen ab und sprach währenddessen beruhigend auf seine Patientin ein, als er sah, dass ihr vor Schmerz die Tränen in die Augen schossen.

»Du liebe Zeit, haben Sie in Ihrem Garten giftige Dornenbüsche ausgegraben?«, fragte er leise. »Ihre Finger sehen jedenfalls danach aus. Ich verschreibe Ihnen gleich eine Salbe auf Cortisonbasis. Damit sollte die Reaktion Ihrer Haut vorerst symptomatisch gelindert werden. Das entbindet Sie aber nicht von einer Anmeldung in der Neurologie. So einen akuten Befund darf man nicht auf die lange Bank schieben.

Wir müssen zuerst abklären, welche Art der Entzündung vorliegt und ob sie durch Viren oder durch Bakterien hervorgerufen wurde. Das heißt, wir arbeiten heute schon mal vor und erstellen ein umfassendes Blutbild. Darüber hinaus gebe ich Ihnen jetzt und hier eine Infusion mit dem Wirkstoff Gabapentin, die Ihnen zumindest bezüglich der Schmerzen ein wenig Erleichterung verschaffen sollte.

Das Mittel blockiert, vereinfacht gesagt, die Andockstellen und sorgt somit dafür, dass sich das Nervensystem wieder stabilisiert.

Auf längere Sicht muss dann der Kollege entscheiden, welche Behandlungsform am besten geeignet ist. Ich will Sie wirklich nicht erschrecken, aber es liegt durchaus im Rahmen des Möglichen, dass es sich bei Ihnen um die ersten Anzeichen einer Epilepsie handelt.«

Der Arzt meinte es ernst. Noch bevor Margarete etwas entgegnen konnte, drückte er auf einen Knopf auf der Telefonanlage und hinterließ ein paar Anweisungen für die Rezeption. Eine davon enthielt die Worte »Überweisung der Patientin Windrich an die neurologische Praxis von Herrn Dr. Kreisig mit Dringlichkeitscode, bitte sofort einen Termin vereinbaren«, woraufhin der Satz »Und machen Sie mir eine Infusion mit 250 Milliliter Diclofenac und Gabapentin fertig!« folgte.

Margarete hegte keinen Zweifel daran, dass er sie auf der Stelle krankschreiben würde. Der Gedanke daran machte sie nicht gerade glücklich, lagen doch auf ihrem Schreibtisch einige Arbeiten, die ihrer Ansicht nach keinen Aufschub duldeten. Die anstehende Lohnabrechnung erforderte ebenfalls ihre unbedingte Anwesenheit. Andererseits ging es ihr wirklich schlecht, und das seit schon mehreren Tagen.

Als Herr Schinkwitz hörte, dass sie wegen der Infusion noch etwas länger in der Praxis bleiben sollte, bat er die Arzthelferin am Tresen darum, ihn anzurufen, sobald Frau Windrich abholbereit wäre. Den Vorschlag zur Bestellung eines Taxis lehnte er rundweg ab.

»Ich habe meine Mitarbeiterin hergebracht, also fahre ich sie auch wieder nach Hause!«, entgegnete er entschieden.

So geschah es dann auch, dass er Margarete eine Stunde danach fürsorglich die Wagentür öffnete und sie auf direktem Wege bis zu ihrem Anwesen nach Pickau chauffierte. Dort angekommen, bot er ihr galant den Arm und geleitete sie bis zur Haustür.

»Machen Sie sich keine Sorgen. Die Lohnabrechnungen für nächste Woche schaffe ich auch allein. Früher musste es ja auch ohne Ihre Hilfe gehen. Im Notfall kann mich auch meine Frau unterstützen. Sie kurieren sich jetzt erst einmal gründlich aus, in

Ordnung? Und melden Sie sich bitte, wenn Sie etwas brauchen. Ich würde Ihnen auch nicht gerade Michael schicken, versprochen!«, meinte er noch grinsend, ehe er sich eilig und mit dem Hinweis auf einen wichtigen Termin verabschiedete.

Aha! Er hatte also auch schon bemerkt, dass der Frankenthaler Kollege ein romantisches Interesse an ihr entwickelte. Margarete unterdrückte mühsam ein genervtes Seufzen und bedankte sich bei Herrn Schinkwitz. Etwas später stand sie in ihrer Küche, um sich einen Tee zu kochen.

Dabei fiel ihr auf, dass der hübsche grüne Stein auf ihrem Regal in zwei Hälften zerbrochen war. Seltsam, denn als sie am Vorabend zu Bett ging, lag er noch funkelnd und völlig intakt an seinem Platz. Wahrscheinlich gab es einen Spannungsriss, hervorgerufen durch die heißen Sommertemperaturen, die auch vor ihrer Küche nicht haltmachten. Das goldene Leuchten aus seinem Inneren, das sie vorher so fasziniert hatte, erwies sich jetzt als simpler gelber Glimmer.

Traurig schaute sie auf ihren vermeintlichen Schatz, doch sie war viel zu müde, um länger darüber nachzudenken. Also griff sie nach ihrer Teetasse, stellte diese vorsorglich auf den Beistelltisch im Wohnzimmer und legte sich auf das gemütliche Sofa. Binnen weniger Minuten fiel sie in einen tiefen, traumlosen Schlaf, der bis kurz vor Mitternacht andauern sollte.

Am Vormittag des 15. Juni machte sich ein argloser Spaziergänger in Hainewalde auf den Weg, den Breiteberg zu erkunden.

Gestärkt durch einen Imbiss im örtlichen Gasthof und mit einer Wanderkarte im Rucksack betrat er den ausgeschriebenen Pfad, der ihn bis hinauf zum Dr.-Curt-Heinke-Turm führen sollte. Immerhin war der Berg mit etwas über fünfhundert Metern Höhe eine sportliche Herausforderung für den alten Herrn, auf die er sich freute. Vielleicht ließen sich ja sogar schon die ersten Pfifferlinge finden. Seine Pensionswirtin hatte erwähnt, dass es rings um den Breiteberg welche gab.

Nach ein paar Minuten blieb ihm allerdings die Vorfreude im Halse stecken. Als er eine blühende Heidekrautpflanze näher betrachten und fotografieren wollte, machte er eine schaurige Entdeckung. Nahe dem Weg zum Gipfel lag eine halbnackte Leiche im Gebüsch. Der Mann trug lediglich noch die Unterhose, Strümpfe und Schuhe. Zutiefst schockiert rief der Wanderer die Polizei. Auf der Brust des Toten prangte ein großes, blutiges Brandmal – das christliche Kreuz!

Kapitel 7

Erinnerungen

»Alfred? Wo steckst du denn schon wieder? Ich warte hier oben auf dich! Alfred, nun komm doch!«

Christel Ullrichs Stimme schallte durch das ganze Haus, doch es kam keine Antwort. Seufzend und resignierend ließ sie die Gardinenstange sinken, von der ihr Mann vor ein paar Minuten versprach, sie wieder an die Wand zu heften. Anschließend lief sie die Treppe nach unten, in der Hoffnung, ihn in der Küche zu finden. Dort saß er auch, vertieft in die Morgenzeitung, die er *nur ganz kurz* aus dem Briefkasten holen wollte.

»Sieh dir das an, Liebling! Schon wieder ein Toter, ausgerechnet in Hainewalde! Sechs Menschen sind innerhalb der letzten Tage gestorben, einer nach dem anderen. Es kommen zwar nicht alle aus der Oberlausitz, aber die meisten Opfer sind aus Sachsen. Nur einer der Männer lebte in Frankfurt am Main«, erklärte Alfred erregt und tippte mit dem Zeigefinger auf die fettgedruckte Überschrift. Gleich daneben ruhten seine geliebten handschriftlichen Aufzeichnungen.

»Kerl, ganz ehrlich, du machst mich noch verrückt! Du wirst doch jetzt nicht ernsthaft etwas in deine Chronik schreiben! Es wäre wirklich nett, wenn du dein Hobby für eine halbe Stunde beiseitelassen und mir stattdessen mit den neuen Gardinen helfen könntest. Ich schaffe das nämlich nicht alleine. Du wirst doch nicht wollen, dass ich von der Leiter falle und mir den Hals breche, oder?«, antwortete seine Frau, wenn auch lächelnd.

Sie kannte ihren Alfred, und sie liebte ihn genau so, wie er nun mal war. Seit seiner frühen Jugend begeisterte er sich für das Mittelalter, besonders für die historischen Überlieferungen seiner Heimatstadt Bischofswerda. Als sie ihn vor fast sechzig Jahren heiratete, ahnte sie bereits, dass er seine Passion auch weiterhin mit Enthusiasmus betreiben und sie dessenthalben ab und zu hintanstellen würde.

Kurz nach der Hochzeit widmete er sich einem Lehrerstudium, natürlich mit dem Hauptfach Geschichte. In den 70er Jahren erhielt er eine Anstellung an der früheren Erweiterten Oberschule, kurz EOS genannt. Daselbst brachte er den zukünftigen Abiturienten die wichtigsten Stationen der Vergangenheit nahe. Vor zwölf Jahren ging er verspätet in den Ruhestand, aber die Begeisterung für seine private Chronik ließ ihn nicht los.

»Nun komm doch endlich, Alfred!«, mahnte Christel erneut, als sie sah, dass ihr Mann sich um keinen Deut bewegte.

»Ich möchte meinen achtzigsten Geburtstag nicht ohne Gardinen vor den Fenstern feiern. Wie sieht denn das aus, wenn die Gäste kommen? Sie werden denken, wir hätten es gern, wenn alle Leute in unser Schlafzimmer sehen können!«

»Ach, du hast bald Geburtstag? Wusste ich gar nicht«, meinte er mit einem schelmischen Lächeln im Gesicht. »Weißt du, für mich bist du immer noch das süße, junge Mädchen, in das ich mich seinerzeit verliebt habe. Wann war das noch gleich? Anno 1957?«

Christel musste lachen, es ging nicht anders. Wenn ihr Mann so etwas Liebes sagte, konnte man ihm einfach nicht grollen. Also verkniff sie sich die schlagfertige Antwort, die ihr auf der Zunge lag. Wenigstens legte er nun die Sächsische Zeitung auf den Tisch, um ihr in den ersten Stock zu folgen.

Im Schlafzimmer befestigte er die schwere Gardinenstange, brachte sogar die neuen Vorhänge an und freute sich über den zufriedenen Gesichtsausdruck seiner Frau. Allerdings sprach er währenddessen unentwegt von einem schrecklichen Ereignis, das im Jahr 1825 bei Hainewalde stattfand.

»Soweit ich weiß, war das damals auch ein spektakulärer Mordfall. Der Täter hieß Christian Friedrich Helle und kam aus Bertsdorf, wenn ich mich nicht irre. Seine Geliebte hatte ihm wohl gesagt, dass sie nichts mehr mit ihm zu tun haben möchte. Er wollte diese Trennung aber nicht akzeptieren und lief ihr hinterher. Am Südhang vom Breiteberg hat er sie abgepasst. Weil sie sich nicht mit ihm versöhnte und ihn zusätzlich beschimpfte, hat er ihr vor Zorn mit einem Messer die Gurgel durchgeschnitten. An der Stelle steht jetzt sogar ein Gedenkstein.

Jedenfalls hat dieser Helle sich dann selbst angezeigt, woraufhin ihm ein paar Monate später der Kopf abgeschlagen wurde. Das war, wie es heißt, die letzte offizielle Hinrichtung auf dem Zittauer Rabenstein, und …«, erzählte er ihr begeistert, als sie die Arbeit beendet hatten.

»Schluss damit! Ich bekomme nur wieder Alpträume!«, unterbrach Christel kichernd.

»Weißt du was? Ich lasse dich jetzt mit deinem gruseligen Zeugs allein, du Meisterdetektiv! Gerda hat mir versprochen, mich gleich zum Einkaufen abzuholen. Ich hab in der Modeboutique eine wundervolle Bluse entdeckt, die ich anprobieren will. Außerdem möchte ich unbedingt noch in die Konditorei am Markt. Ich muss doch die Torten bestellen.

Du kannst schon mal dein Portemonnaie zücken, mein Lieber. Das wird ein teurer Spaß für dich. Brauchst gar nicht so zu gucken! Ich will an meinem Ehrentag ein großes Stück Schwarzwälder Kirsch genießen. Und mindestens fünf Windbeutel!«

Alfred grinste, weil er wusste, dass sie niemals fünf Windbeutel essen würde. Für gewöhnlich war sie nach einem der köstlichen Gebäckstücke schon rundrum glücklich. Dennoch überreichte er ihr mit galantem Lächeln und einer angedeuteten Verbeugung seine Brieftasche. Nur gut, dass er vor einigen Tagen am Geldautomaten war.

»Bitte sehr, die Dame! Viel Spaß, und liebe Grüße an das gnädige Fräulein Tochter. Kommt sie nachher noch kurz rein? Ich muss sie nämlich etwas fragen.«

»Was habt ihr denn wieder zusammen ausgeheckt, hm?« Christel schaute ihn gespielt streng an, winkte dann aber lachend ab.

»Schon gut, ich möchte es eigentlich gar nicht wissen. Ich werde schon mal raus ans Tor gehen.«

Mit diesen Worten ergriff sie ihre überdimensionale Einkaufstasche, schlüpfte in bequeme Sandaletten und verließ das Haus, nachdem sie ihm an der Eingangstür noch schnell eine Kusshand zuwarf. Tatsächlich wartete Gerda bereits im Auto an der Straße, wie er bei einem kurzen Blick aus dem Küchenfenster feststellte. Wenn Mutter und Tochter gemeinsam *auf die Jagd* gingen, wie er es gern nannte, dauerte das üblicherweise zwei Stunden und mehr.

Zeit genug also, sich dem zu widmen, was Alfred abseits von seiner Familie so sehr liebte. Schon jetzt fand er ungemein spannend, was er seit Tagen in der Regionalpresse las. Es musste doch irgendeinen Zusammenhang zwischen den mysteriösen Todesfällen geben! Aber wo lag der gemeinsame Nenner versteckt? Wären alle Opfer in Sachsen beheimatet, könnte man davon ausgehen, dass es sich um einen Serienmörder handelte, der sein Unwesen trieb.

In jedem Falle befand er diese Geschichte für würdig, in seine Chronik aufgenommen zu werden. Die Polizei, dessen war er sich sicher, würde bestimmt herausfinden, was die Toten miteinander verband. Fröhlich vor sich hin pfeifend ging er in das frühere Kinderzimmer. Er hatte sich dort eine kleine Oase der Ruhe eingerichtet, nachdem Gerda kurz vor ihrer Hochzeit ausgezogen war.

Hier standen all seine Bücher in Regalen, die bis zur Decke reichten. Darunter befanden sich viele sachkundliche und historische Werke, aber auch Bildbände aus aller Herren Länder und seit einiger Zeit auch die Bücher eines regional ansässigen Verlages, die er sehr schätzte. Nicht selten fußten die als Fantasy bezeichneten Geschichten auf real existierenden Fakten.

Am Fenster gab es einen ganz besonderen Schreibtisch. Es handelte sich um eine Sonderanfertigung, die von einer Tischlerwerkstatt auf den Zentimeter genau produziert und eingepasst wurde. Das rotbraune Nussbaumholz hatte man lediglich glattgehobelt und anschließend poliert, sodass es auch nach Jahren noch seine wundervolle, natürliche Maserung zeigte.

Neben mehreren Fächern für Papier, Stifte und Fotos besaß dieser Schreibtisch auch zwei abschließbare Schubladen. Alfred bestand darauf, weil er darin seine ganz privaten Erinnerungen aufbewahren wollte, und behielt den dazugehörigen Schlüssel sorgsam im Auge. Das, was ihm allein gehörte, ging aus seiner Sicht niemanden etwas an, wenngleich er es im engsten Familienkreis ab und an zeigte. Seine Enkel und Urenkel kamen beispielsweise in den Genuss, ebenso wie seine Tochter.

Die nostalgische Ansammlung mochte im materiellen Sinne nicht unbedingt wertvoll sein, abgesehen vielleicht von dem Briefmarkenalbum, das er als Kind angelegt und nie vervollständigt hatte.

Eine Neuanschaffung kostete vermutlich kaum mehr als zwanzig Euro. Dennoch holte er in stillen Stunden seine sorgsam gehüteten Schätze hervor und erfreute sich jedes Mal aufs Neue daran.

Die alte Tabakspfeife, die sein Großvater immer rauchte, lag hier ebenso wie ein Büchlein mit den Unterschriften seiner Kameraden aus der Militärzeit. Das rostige Taschenmesser, das ihm einst sein bester Freund schenkte und sich nicht mehr ausklappen ließ, dann sein erstes Schreibheft, die Urkunde für den Sieg beim 400-Meter-Lauf einer Kinder- und Jugendspartakiade in Berlin …

Nicht eines dieser Dinge wollte er missen, zumal er einer bestimmten zeitlichen Ordnung folgte. Darüber hinaus hatte Alfred eine ganz besondere Münze mit dem Abbild von Annette von Droste-Hülshoff aufbewahrt.

Es handelte sich um das sogenannte Notgeld aus der Zeit der Weimarer Republik. Der Wert betrug stolze fünfzig Mark, geprägt im Jahr 1920 in der Provinz Westfalen, wie man auf dem Revers lesen konnte. Damals bekam man dafür wahrscheinlich nicht mal einen Teller Suppe bei den Samaritern in der Armenspeisung.

Eine verwitwete Nachbarin übergab ihm die Münze als Lohn, weil er ihr einen Leiterwagen voll Feuerholz nach Hause zog. In seiner Freude darüber wagte er es nicht, das Geld gegen Zuckerkram oder Sammelbildchen einzutauschen.

Im zweiten Schubfach aber ruhte das Heiligtum schlechthin. Seine Bischofswerdaer Chronik, sauber abgeheftet, nach Epochen sortiert und jede einzelne Seite von seiner Hand geschrieben!

Insgesamt hatten sich zehn dicke Mappen angesammelt, seit er im Jahr 1948 als Zehnjähriger damit begann, alles Interessante zu dokumentieren. Und es gab wahrlich viele erwähnenswerte Neuigkeiten in dieser langen Zeit!

Vom Ende des Krieges über das Leben in der vom Sozialismus geprägten DDR bis hin zur Wende und der Wiedervereinigung Deutschlands bargen seine Aufzeichnungen vor allem jene Ereignisse, die für die Region Oberlausitz und für seine Stadt wichtig waren. Die Berichte über die technischen Neuerungen des Landmaschinenkombinats Fortschritt Singwitz zum Beispiel, in dem seine Christel früher arbeitete, füllten gleich mehrere Seiten.

Auch ein Eintrag über das unrühmliche Kernwaffendepot der Sowjetarmee in der Nähe der damaligen Kreisstadt war, wenngleich aus Gründen der Sicherheit sehr vorsichtig beschrieben, in Alfreds Dokumentation vorhanden. Immerhin lehrte er zu dieser Zeit an der EOS und wurde allein deshalb ständig hinsichtlich seiner politischen Einstellung überprüft. Demnach hielt er sich mit allzu kritischen Bemerkungen über die sogenannte *Operationsbasis Bischofswerda* zurück, obschon er sich damals wie heute sehr darüber empörte. Man wusste ja nie, wer einen belauschte oder sich gar als Freund ausgab, um das Erfahrene nachher an höherer Stelle zu berichten.

Alfred nahm seinen geliebten Füllfederhalter zur Hand, der ausschließlich für die Chronik benutzt wurde. Noch so ein nostalgiebehaftetes Relikt aus der DDR-Zeit, und er besaß sogar noch die dazugehörige Pappschachtel nebst Garantieschein. Das Modell Heiko 433 galt in den 70er Jahren als Vorreiter. Hergestellt wurde dieses lackschwarze Prachtstück im VEB Füllhalterfabrik Wernigerode/Harz.

Nur kaufen konnte man ihn nicht überall, weil just dieser Füller auch im nichtsozialistischen Ausland sehr beliebt war. Natürlich nicht mit dem Aufdruck EVP 7,00 Mark, dafür aber mit kleinen äußerlichen Änderungen und einer anderen Verpackung, auf welcher gewiss nicht der Schriftzug *Heiko* stand.

Witzigerweise war so gut wie jeder, Lehrer wie auch Schüler, darauf scharf, einen Heiko-Füller zu besitzen, ähnelte er doch verblüffend dem westlichen Pendant. Alfred bekam ihn seinerzeit vom Bezirksschulamt als Geschenk zum Dienstjubiläum 1977, zusammen mit einem Präsentkorb der preiswerten Kategorie und einem Zertifikat für herausragende pädagogische Leistungen.

Schmunzelnd öffnete Alfred das Tintenfass und zog, wie er es seit über vierzig Jahren tat, die dunkelblaue Flüssigkeit in das dafür vorgesehene Reservoir. Dann schlug er eine neue Seite auf und begann damit, seine Abhandlung über die Mordserie zu schreiben. Die Zeitungsartikel wollte er später ausschneiden und hinzufügen. Bis dahin waren Christel und Gerda sicher zurück vom Einkaufen, bepackt mit gefühlt fünfzig vollen Taschen und hoffentlich bester Laune.

Kapitel 8

Pläne

Ist das jetzt der Letzte oder kommen noch ein paar Opfer hinzu? Was meinst du, Herbert? Falls ja, muss ich entweder einen Antrag auf bauliche Erweiterung stellen oder den Chef um die Zuweisung größerer Räumlichkeiten bitten. Ich kann sie ja schlecht in meiner privaten Kühltruhe zwischenlagern.

Es sei denn, du erteilst mir die ausdrückliche Genehmigung dafür. Lieber wäre es mir allerdings, wenn ich die drei Herren, mit denen ich schon fertig bin, den zuständigen Bestattern übergeben dürfte.«

Dr. Holtke kratzte sich während des Telefonates die Nase, wie immer, wenn er unschlüssig war. Inzwischen hatte sich seine Abteilung als zu klein erwiesen. Sechs Tote gab es insgesamt zu beklagen, von denen fünf in seinen Zuständigkeitsbereich fielen. Bedachte man die kurze Zeitspanne und die übereinstimmende Art des Ablebens, konnte man diese Reihe inzwischen getrost auch so nennen.

Einzig der Leichnam aus Hainewalde fiel ein wenig aus dem Rahmen, um es vorsichtig zu bezeichnen. Zum Ersten fand man ihn im Gegensatz zu allen anderen Toten außerhalb seiner Wohnung, die in einer Straße mit dem ungewöhnlichen Namen Halsbreche lag. Holtke erinnerte sich noch, wie er schmunzelnd dachte, dass sich so etwas kein noch so begabter Poet ausdenken konnte. Das Leben schrieb immer noch die besten Geschichten.

Zum Zweiten war besagter Wohnsitz gute fünf Kilometer vom Fundort entfernt. Das Fahrzeug des Herrn stand allerdings nicht auf dem Zufahrtsweg zum Breiteberg, sondern daheim unter einem Vordach, wie die Zittauer Kollegen vor Ort in ihrem ersten Schriftsatz mitteilten.

Der dicken Staubschicht auf dem abgetakelten Audi Baujahr 1980 zufolge bestand die Vermutung, dass mit diesem Auto schon lange keiner mehr fuhr. Man ging also fürs Erste davon aus, dass der Hainewalder den Weg zum Aussichtsturm zu Fuß beschritten haben musste. Ob er sich dort mit jemandem treffen oder einfach nur spazieren gehen wollte, blieb bislang unklar.

Darüber hinaus gab es eine weitere Ungereimtheit, die nicht recht zu den vorherigen Fällen passen mochte. Dieses Opfer war halbnackt. Die restlichen Kleidungsstücke, eine schwarze Jeans, ein ebenso schwarzes Shirt mit Markenaufdruck und ein dunkelroter Pullover mit Kapuze, wurden unweit von ihm entdeckt.

Zum Vierten, und das erweiterte das Ermittlungsfeld maßgeblich, trug der Tote als Einziger ein frisches Brandmal in Höhe des Brustbeins. Es handelte sich hierbei eindeutig um ein christliches Kreuz. Die noch nicht verschlossenen und nur dünn verschorften Wundränder bewiesen, dass ihm die Verletzung kurz vor seinem Ableben zugefügt wurde, vielleicht sogar währenddessen.

Der Rechtsmediziner bedauerte schon jetzt den armen Menschen aus der Pressestelle, der die merkwürdigen Umstände in massen- und lesetaugliche Worte fassen musste. Noch mehr bedauerte er Herbert Stark, weil dieser zusätzlich im Umfeld der Kirche zu ermitteln hatte. Nun waren Straftaten *im Namen des Herrn* nichts besonders Seltenes, weder in der katholischen noch in der evangelischen Gemeinde.

Das Hauptproblem an religionsnahen Delikten bestand darin, dass in solchen Fällen fast alle Beteiligten beharrlich schwiegen und sich gegenseitig deckten. Es sei denn, sie lehnten staatlich geführte Untersuchungen von vornherein ab.

Meist wurden derlei pikante Angelegenheiten gleich innerhalb ihrer eigenen, nicht selten täterschützenden Rechtsform geklärt. Unnötig zu erwähnen, dass es dabei höchstens in Ausnahmefällen zu einer Verurteilung vor einem weltlichen Gericht kam. Das geschah auch nur dann, wenn das Interesse der Öffentlichkeit an der jeweiligen Verfehlung gar zu groß wurde.

»Ich hätte da noch eine andere Frage. Bleibst du die ganze Woche in Bischofswerda? Ja? Gut, dann rufe ich dich abends auf dem Handy an, wenn ich etwas zu berichten habe.

So, und nun erzähl doch mal. Wie gefällt dir die Pension? Halbwegs ruhig gelegen oder direkt an der Hauptverkehrsader? Bei dem Namen *Unter den Linden* stelle ich mir eine lange Allee voller Lindenbäume vor, ähnlich wie in Berlin. Ach, es ist nur eine kleine Straße? Aha, ich verstehe. Freut mich, dass es dir zusagt.

Gibt es denn dort wenigstens einen Buchladen? Nicht dein Ernst, Buchhandlung *Heinrich* also? Na wenn das kein gutes Omen ist? Dann weiß ich ja schon jetzt, was du nach Feierabend machst.«

Lesen war eins der wenigen Hobbys, die sein Freund hatte. Dr. Holtke war sich ziemlich sicher, dass Stark den örtlichen Buchladen umgehend aufsuchen und mit einem Stapel neuer literarischer Werke nach Hause kommen würde. Der Name Heinrich versprach ihm tatsächlich etwas, sofern man bereit war, an dergleichen Zufälle zu glauben. So lautete auch der Vorname von Starks Vater, ebenfalls ein großartiger Polizist und seit jeher ein Vorbild für seinen Sohn.

Lächelnd verabschiedete Holtke sich, nicht ohne darauf hinzuweisen, dass er dem gesamten Ermittlerteam und besonders Stark viel Glück wünschte. Etwas sagte ihm, dass sein Freund es brauchen konnte. Seit Tagen kreiste sein Kopf nur noch um diesen einen Fall. Stark ging es mit Sicherheit ebenso.

Die Pläne der Sonderkommission sahen vor, dass sich jeweils ein erfahrener Kommissar aus der Polizeiinspektion Dresden zu den fünf sächsischen Tatorten begab und die zuständigen Kollegen vor Ort bei der Arbeit unterstützte. Eventuelle Zeugen waren zu befragen, Spuren auszuwerten und Hinweise zu sammeln. Die entsprechenden Berichte sollten, so die Vorgabe des Dienststellenleiters, zeitnah im Hauptsitz zusammengeführt werden, sodass sie von den Polizisten der Sonderkommission dort umgehend gesichtet werden konnten.

Eine Mammutaufgabe, zugegeben, denn es fehlte in so gut wie jeder Wache an Personal. Ebenso musste eine Entscheidung getroffen werden, welcher Ermittler an welchen Tatort entsandt wurde. Es gab, wie Dr. Holtke erfuhr, im Vorfeld sogar einen heftigen Disput in der obersten Etage. Stark bestand nämlich darauf, persönlich in Bischofswerda eingesetzt zu werden. Mit Matthias Ritter hatte es begonnen, und der derzeit letzte Fall in Hainewalde trug eine besondere Handschrift. Demnach, so debattierte er, sei es nur logisch, dass in den beiden Städten auch der erste Untersuchungsansatz läge.

Zusätzlich forderte er energisch, dass sein Partner Leon Wankowski ihn begleitete. Dieser war bereits für den Fall in einem anderen Ort vorgesehen, aber ein Mann von Starks Charakter ließ nicht mit sich verhandeln.

»Ich fahre entweder mit ihm oder gar nicht! Dann müsst ihr eben Freider nach Ottendorf-Okrilla zu dem Gräserzähler schicken, oder von mir aus auch Kaltenbach, ist mir egal! Gut, vielleicht doch nicht Kaltenbach, den brauchen wir hier dringender zur Auswertung. Fakt ist, ich will Wankowski, und er kommt mit mir! Ende der Diskussion!«, soll er gebrüllt haben, und zwar so laut, dass es durch die geschlossene Tür im Sekretariat vernommen wurde.

Just dort befand sich seine eigene Sekretärin zu einem kurzen Plausch. Sie war es auch, die Dr. Holtke über die eklatante Auseinandersetzung in Kenntnis setzte, was bei ihm wiederum für ein befriedigtes Grinsen sorgte. Stark verstand es immer wieder, sich auf die eine oder andere Art durchzusetzen. Tatsächlich schaffte er es auch dieses Mal. Letzten Endes war er der dienstälteste und, mit großem Abstand, auch der effektivste Kommissar in seiner Abteilung. Dementsprechend schnell resignierte der

Dienststellenleiter, wenn auch seufzend, und erteilte die geforderte Genehmigung.

Der Rechtsmediziner gönnte sich noch eine letzte Tasse Kaffee, ehe er sich dem Leichnam aus Hainewalde zuwandte. Außer dessen Namen, er hieß Adrian Leisentrit, und der dazugehörigen Adresse sowie weiteren persönlichen Daten stand noch nichts auf dem Formblatt. Dies sollte sich in Kürze ändern. Der Staatsanwalt machte bereits gehörigen Druck. Er forderte verwertbare Ergebnisse.

Zur gleichen Zeit begann Herbert Stark in der Pension »Unter den Linden« damit, seine sogenannte Strichliste anzufertigen. Darauf standen die Aufgaben der nächsten Tage. Es gab eine Spalte für Wankowski und eine für ihn selbst. Ganz hinten befand sich ein Feld mit dem Titel *Erledigt*, in dem allerdings noch kein Häkchen zu sehen war.

Er saß zusammen mit seinem Partner in der Davidoff Zigarren-Lounge der Pension und paffte genüsslich, während er schrieb. Ein Luxus, den er sich daheim nicht erlauben konnte, denn der Vermieter seiner kleinen Einliegerwohnung duldete keinen Qualm im Haus, auch nicht den wohlriechenden Rauch von Starks geliebtem Vanilla Shag.

Das gemütlich eingerichtete Fumoir bot mit bequemen Sesseln hingegen eine hervorragende Möglichkeit, sich ein Feierabendpfeifchen zu gönnen, ohne dafür vor die Tür gehen zu müssen. Zudem gab es gleich neben dem Raucherzimmer eine wohlbestückte Bar. Der Pensionswirt hatte sogar Wankowskis Lieblingswhisky im Angebot, einen kräftigen Schotten. Schon als die beiden Kommissare eintrafen, las Leon entzückt ein Plakat im Aushang, dass hier bisweilen Whisky-Seminare abgehalten wurden. Nun war er doppelt glücklich, dass Stark darauf bestand, ihn mitzunehmen.

Er benötigte auch keine eigene Unterkunft, da er in Großröhrsdorf, also nicht weit entfernt von Bischofswerda, wohnte. Im Gegenteil freute er sich sogar, dass ihm die allmorgendliche Stauparade auf der ewig verstopften A 4 erspart blieb, zumindest für die nächste Zeit.

»Also dann, Leon, wir gehen wie folgt vor«, eröffnete Stark das Gespräch, indem er mit dem Kugelschreiber auf den ersten Punkt seines Zettels wies.

»Die Befragungen zur Sache Matthias Ritter auf der Belmsdorfer Straße werden ausgeweitet.

Sofern möglich, möchte ich das gesamte Viertel einschließlich der Neustädter Straße abgegrast haben, und zwar bis zu dem Lokal mit dem französischen Namen hinter der Wesenitz. Wenn auch nur irgendein Mensch in diesem Bereich etwas gesehen, gehört oder anderweitig bemerkt hat, will ich das wissen! Das betrifft auch vergangene Ereignisse.

Der Mann war ein stadtbekannter Drogenverkäufer und wurde rechtskräftig dafür verurteilt. Solche Leute haben für gewöhnlich nicht nur Freunde. Unter Umständen können die Anwohner ein paar Angaben machen, mit wem er sich traf oder wen er mit in seine Wohnung nahm, abgesehen von seiner Lebensgefährtin. In Vierteln wie diesen kennt man sich noch untereinander. Du koordinierst bitte hierzu die Bautzener und die Kamenzer Kollegen.

Anschließend fährst du weiter nach Hainewalde und verfährst dort nach dem gleichen Prinzip. Nehmt alles auf, was ihr hört, so banal es auch sein mag. Manchmal liegt die Lösung des Problems in einer auf den ersten Blick unscheinbaren Randnotiz. Da die Internetaktion nur dürftige Erkenntnisse brachte und wir bislang auch nur Frau Anders als aktuelle Zeugin haben, müssen wir jetzt aktiv auf die Leute im Ort zugehen.

Es wird ausnahmslos an jeder Haustür geklingelt! In den Wohnungen, wo ihr niemanden antrefft, hinterlasst ihr bitte eine Notiz, dass ihr am Nachmittag noch einmal kommt. Und ich möchte keinerlei Diskussionen hören, von wegen »Ich hab jetzt Feierabend!« oder »Ich muss noch einkaufen!«.

Ich habe morgen um 9.00 Uhr ein Gespräch mit der Reporterin von der Sächsischen Zeitung.

Gleich danach muss ich zur Dienststelle nach Bautzen, um die Aussage von Ritters Freundin aufzunehmen. Auf dem Rückweg spreche ich vielleicht noch beim Supermarkt im Industriegebiet oberhalb der Pension vor. Dort hat Herr Ritter zumindest zeitweilig als Aushilfskraft im Lager gearbeitet. Mich interessiert der Alltag des Mannes vor seinem Tod. Wie sage ich immer? Kennst du das Leben des Opfers ...«

»Dann kennst du auch das Leben des Täters!«, ergänzte Wankowski den Satz seines Vorgesetzten lachend.

Ein oft und gern zitierter Spruch von Stark, und er hatte ihn über die Jahre für sich und seine Mitarbeiter verinnerlicht. Heute allerdings war er doppelt wichtig. Bei so wenigen Informationen über Tathergang und den oder die möglichen Täter musste man trotz digitaler Vernetzung eben wieder auf die gute alte Polizeiarbeit zurückgreifen, auch wenn das einen erheblichen Zeitaufwand und viel Schreibkram nach sich zog.

»Ich komme nach Hainewalde, sobald ich kann. Und sorg bitte dafür, dass der Profiler vor Ort ist. Das erspart mir eine zusätzliche Fahrt. Ans Telefon geht er ja nie. Der kann sich ruhig auch mal aus seinem bequemen Schreibtischsessel bewegen. Täte ihm gut, an der Basis im Außeneinsatz zu arbeiten, anstatt immer nur Papiere zu stapeln und schlaue Sprüche zu klopfen. Soll ich dir was sagen? Ich glaube, das wird einer der spannendsten Fälle seit Jahren!«

Fast vergnügt schmauchte Stark sein Pfeifchen weiter, und auch Leon schmunzelte. Wenn sein Ausbilder so etwas sagte, dann versprach die Aktion tatsächlich sehr interessant zu werden.

Kapitel 9

Fragen

Es war 23.45 Uhr, als Margarete in ihrem Wohnzimmer erwachte. Gähnend schälte sie sich aus der Wolldecke und betrachtete kopfschüttelnd den längst erkalteten Tee auf dem Couchtisch. Nach einem schnellen Blick auf die Uhr stellte sie fest, dass sie statt einer kurzen Ruhepause mehr als zwölf Stunden geschlafen hatte. Ihr Körper schien es indes genossen und wohl auch gebraucht zu haben. Sie fühlte sich wesentlich besser, ja sogar erstaunlich gut in ihrer Haut. Mit dem Morgen verglichen, an dem sie sich vor Schmerz kaum geradehalten konnte und mit ständigem Brechreiz kämpfte, kam ihr jetziger Zustand einem kleinen Wunder nahe.

Laue Sommernachtsluft drang durch das geöffnete Fenster, und im Garten zirpten die Grillen, ein Geräusch, das sie seit ihrer Kindheit besonders liebte. Also entschloss sie sich, auf ihre Terrasse zu gehen. Margarete schlurfte barfuß in den Flur, um sich die Gartenschuhe anzuziehen. So wie sie aber in die bequemen Treter hineinfuhr, so schnell war sie auch wieder draußen. Sie hatte sich die nackten Zehen an ein paar Fichtennadeln gestochen!

Auch auf dem Schuhregal lagen Dutzende davon. Darüber hinaus war ihr langes Lodencape offenbar vom Haken der Flurgarderobe gerutscht. Irritiert stellte Margarete das Schuhwerk wieder ab, hob den Umhang wieder auf und dachte nach. Sollte sie tatsächlich bei ihrem letzten Waldspaziergang versehentlich in

Gartenschuhen aus dem Hause gegangen sein? Vielleicht hatte der Doktor doch recht mit seiner Vermutung, dass sie an einer Nervenkrankheit litt. Anders ließ sich dieses Dilemma nicht erklären.

Mit diesem beklemmenden Gefühl betrat sie ihre schöne Terrasse, nur um gleich darauf zu bemerken, dass sie nicht allein an der frischen Luft war. Ihr Nachbar hatte sich ebenfalls dazu entschlossen, sein Feierabendbier nach der Spätschicht im Garten zu genießen. Als er ihre Tür klappern hörte, sprach er sie an: »Na hallo, junge Frau! Heute Nacht mal nicht auf Wanderschaft?«

»Grüß dich, Andreas. Was meinst du denn mit Wanderschaft? Ich wollte eigentlich nur ein paar Minuten Sauerstoff tanken«, antwortete Margarete erstaunt.

»Ich meinte nur, weil du in den letzten Tagen … Also ich dachte, ich hätte dich beim …«

»Beim? Beim was? Sag doch!«

»Ist schon in Ordnung, vergiss es einfach. Genieß lieber den schönen Abend. Ich werde wohl jetzt ins Bett gehen. Schlaf nachher gut, ja?«, sagte er und verschwand sehr schnell mit der halbvollen Bierflasche in seinem Haus.

Verdattert sah sie Andreas hinterher. Sie fühlte sich ein wenig verschaukelt, um ehrlich zu sein. Seit wann stotterte er, statt eine klare Antwort zu geben? War er nun auch noch verrückt geworden, oder nur sie selbst? Und wo kamen die vielen Fichtennadeln her? In ihrem Garten gab es nur Hainbuchen. Der Nachbar hatte zwar bei sich eine Blautanne stehen, aber diese befand sich auf der entgegengesetzten Seite. Grübelnd nahm Margarete in ihrem Rattansessel Platz. Was war nur mit ihr los?

Bei Müllers im Haus nebenan grübelte man auch, allerdings ihretwegen. Nicht umsonst entzog sich Andreas so abrupt dem Gespräch. Er bemerkte sehr wohl, dass sie absolut keine Ahnung hatte, wovon er eigentlich redete. Dabei müsste sie es doch eigentlich ganz genau wissen!

Seit mehreren Tagen fuhr er in die Spätschicht, und immer, wenn er danach gegen 23.00 Uhr heimkam, traf er Margarete vor ihrer Haustür. Sie schien ihn nur nicht zu erkennen, obwohl er direkt vor ihrer Nase in die Garagenauffahrt einbog. Auch seinen Gruß erwiderte sie nicht. Stattdessen eilte sie nahezu fluchtartig in Richtung Butterberg davon, so als wollte sie nicht mit ihm sprechen.

Andreas überlegte, ob er vielleicht mit seiner Frau darüber reden sollte. Schließlich pflegten sie und Margarete inzwischen eine gute Freundschaft. Irgendetwas stimmte nicht mit ihr. Möglicherweise brauchte sie dringend Hilfe. Es ging ihn zwar nichts an, was die Nachbarin nachts draußen auf der Straße trieb, aber so ein Verhalten passte einfach nicht zu ihr.

Als er wenig später zu Bett gehen wollte, lag Kirsten zu seinem Erstaunen noch wach.

»Was hast du, Liebes? Immer noch Durchfall?«, fragte er besorgt.

»Ach was, mir fehlt nichts, mach dir keine Sorgen. Es ist nur, weil ...« Sie stockte kurz und holte tief Luft. »Ich wollte aufbleiben, falls ...«

»Falls Margarete wieder in der Dunkelheit spazieren geht?«, ergänzte Andreas ihren Satz.

»Wie jetzt, sie geht spazieren? Nein, das meinte ich nicht. Aber mir ist aufgefallen, dass das Licht bei ihr auf dem Boden bis in die Morgenstunden brennt.

Das war jedenfalls gestern so, und vorgestern auch. Ich musste nachts ein paar Mal auf die Toilette, sonst hätte ich es gar nicht gesehen. Ein bisschen merkwürdig ist das schon. Was treibt sie nur da oben mitten in der Nacht?«

»Die Frage stelle ich mir schon eine Weile. Ich bin froh, dass du von selbst darauf zu sprechen kommst. Ich wusste nämlich nicht, wie ich damit umgehen soll. Mir ist auch etwas an Margarete aufgefallen, das mich sehr irritiert.

Jedes Mal, wenn ich nach Hause komme, steht sie draußen vor dem Gartentor und rennt dann davon, als wäre ich ein Verbrecher! Ehrlich, ich bin froh, dass ich bald wieder in der Frühschicht arbeiten kann. Dann muss ich das wenigstens nicht sehen.

Vorhin war sie aber im Garten und nicht auf der Straße. Ich wollte sie danach fragen, weil sie mir in letzter Zeit generell sehr zerfahren vorkommt. Du wirst es nicht glauben: Sie hat mich angeschaut wie jemanden, der nicht mehr alle Latten am Zaun hat!«, ereiferte er sich.

»Kannst du nicht mal mit ihr reden? Ihr versteht euch ja gut. Vielleicht bekommst du etwas aus ihr heraus.

Ich bin wirklich nicht sauer auf sie, ich mache mir nur Gedanken, ob sie möglicherweise geistig abdriftet. Du verstehst schon, was ich meine.«

Kirsten nickte und hatte auch gleich eine Idee. Sie wollte Margarete ohnehin am nächsten Tag besuchen. Diesen Besuch würde sie dazu nutzen, ihr vorsichtig auf den Zahn zu fühlen.

Andreas arbeitete seit vielen Jahren als Pfleger in einer Klinik für psychisch Erkrankte. Er erkannte aufgrund seiner beruflichen Erfahrungen meist sehr schnell die ersten Anzeichen für seelische Störungen, manchmal sogar, ehe die Betroffenen es selbst registrierten.

Gleichwohl fand Kirsten in dieser Nacht nicht recht in den Schlaf. Immer wieder gingen ihre Blicke aus dem Fenster hinaus. Fast erwartete sie, dass das Bodenlicht von Margarete erneut grell und kaltweiß aufleuchtete, doch es blieb dunkel hinter der kleinen Giebelluke. Als ihr dann endlich vor Müdigkeit die Augen zufielen, stand die Anzeige des Digitalweckers an ihrem Bett bereits auf 3.00 Uhr.

Nichtsdestotrotz war sie schon nach wenigen Stunden wieder auf den Beinen. Ihr Mann schlief noch tief und fest, weshalb sie sich leise und auf nackten Sohlen hinunter in die Küche schlich. Sie sehnte sich plötzlich nach einem frischen, starken Kaffee.

Noch während sich der geliebte Muntermacher durch die Röhren der Maschine quälte, bemerkte Kirsten, dass sich ihre Nachbarin im Garten befand und gerade ihr Blumenbeet mit frischem Wasser versorgte. Schnell lief sie ebenfalls hinaus.

»Guten Morgen, Herzchen, ich hab da eine kurze Frage. Bleibt es bei unserer Verabredung morgen Nachmittag?«, fragte sie halblaut über die Hecke.

»Aber ja doch! Ich backe uns ein paar Muffins. Die magst du doch so gern. Freue mich schon«, flüsterte Margarete zurück.

Kapitel 10

Geschichte

Das darf doch nicht wahr sein! Dieser Mann bringt mich noch mal ins Grab«, entfuhr es Christel Ullrich, wenngleich auch mehr scherzhaft als ernstgemeint.

Als sie gegen 8.00 Uhr an diesem Morgen aufstand, sah sie ihren Ehemann schlafend am Küchentisch. Sein Kopf lag auf der Chronik, in der er wohl geschrieben hatte. Der Füller war ihm aus der Hand gefallen und hatte ein paar dunkle Flecke auf ihrem guten weißen Tischtuch hinterlassen.

Ein erstaunlicher Umstand, weil sich Alfred sonst mit seinen Aufzeichnungen in sein *Herrenzimmer* verzog und dort blieb. Ärgerlich zudem, weil Tintenflecke eine Sonderbehandlung mit Gallseife benötigten, um sich aus dem kostbaren Damasttuch ihrer Großmutter lösen zu lassen.

Vorsichtig warf sie einen Blick über seine Schulter. Neben der Chronik lag die aktuelle Tageszeitung, aufgeschlagen auf der Regionalseite. Dort stand ein neuerlicher Artikel über den Todesfall in Hainewalde. Man gab darin den Namen des verstorbenen Mannes bekannt und bat, wie schon bei den vorherigen Opfern, um zweckdienliche Zeugenaussagen.

»Adrian Leisentrit«, las sie leise.

Etwas an diesem Namen kam ihr bekannt vor. Nach kurzem Grübeln fiel es Christel wieder ein. Hatte nicht Alfred oft und gern jene merkwürdige Geschichte erzählt, in welcher der apostolische

Präfekt Johann Leisentrit eine vermeintliche Hexe auf dem Marktplatz verbrennen ließ?

Früher brachte er sie seinen Schülern bei, und erst kürzlich gab er das Geschehen um Grete Böttcher wieder den Urenkeln zum Besten. Sie erinnerte sich daran, dass sie ihn mal wieder bremsen musste, damit er nicht bis weit in den Abend hinein ausschweifte.

Leider konnte Christel ihre Theorie nicht in Alfreds Chronik nachprüfen, obgleich es ihr unter den Nägeln brannte. Dazu hätte sie ihn wecken müssen. Gewöhnlich interessierte sie sich nur mäßig dafür. An einem Tag wie heute erst recht nicht, da sie zu ihrem Geburtstag viele Gäste erwartete.

Christel knibbelte an ihren Fingernägeln, wie sie es immer tat, wenn sie sich unschlüssig sah. Dann aber siegte die Neugier. Sie gab sich einen Ruck und beugte sich zu ihrem Mann herab.

»Guten Morgen, du Schlafmütze, wach auf! Wir haben viel zu tun!«, rief sie direkt an seinem Ohr. Nicht aus Bosheit, nein, aber Alfred hörte längst nicht mehr so gut wie früher. Wenn er wie jetzt sein Hörgerät nicht trug, musste man notgedrungen etwas lauter werden. Tatsächlich hob er nun verwundert den Kopf und rieb sich gleich darauf mit einem schmerzgequälten »Autsch!« den Nacken.

»Brauchst gar nicht zu jammern! Was hockst du auch hier die ganze Nacht im Schlafanzug über deinem Buch? Ist ja kein Wunder, dass dir jetzt alles wehtut«, schwadronierte Christel fröhlich vor sich hin.

»Aber da du nun schon wach bist, werde ich uns einen Kaffee kochen. Und du, mein Schatz, räumst bitte den Tisch ab, damit wir frühstücken können. Danach will ich meinen Geburtstagskuss! Der steht mir schließlich zu!«

Diebisch kichernd wie ein kleines Mädchen ging Christel an die Küchenzeile, und Alfred lachte mit ihr.

Er liebte es, dass sie keine großen Umstände machte und ihm sein Steckenpferd ließ. Langsam – wo zum Teufel war nur die jugendliche Beschwingtheit früherer Tage – stand er auf und reckte sich.

»Sag mal, soll ich zum Bäcker fahren und frische Brötchen holen?«, fragte er.

»Ach was! Ich hab hier noch Weißbrot von gestern, das mag reichen. Außerdem will ich heute Nachmittag alle Windbeutel essen. Da möchte ich besser kein Riesenfrühstück zu mir nehmen. Nicht, dass ich noch zu dick werde und am Ende nicht mehr in meine neue Bluse passe.«

Christel meinte das nicht ernst. Noch nie hatte sie Probleme mit ihrem Gewicht. Selbst jetzt im Alter besaß sie eine eher sportliche Figur, was wohl auch daran lag, dass sie mit ihren Freundinnen regelmäßig zum Seniorenturnen ging. Dennoch erwartete sie eine Bestätigung von ihrem Mann, und demzufolge gab er sie ihr auch.

»Mein Liebling, eher gefriert die Hölle, als dass du zu dick wirst. Ich wette, ich könnte dich noch auf meinen Armen tragen.«

Nachdem er sich ein wenig frischgemacht und angezogen hatte, saßen sie gemeinsam am Frühstückstisch. Dort gratulierte er seiner Frau auch standesgemäß zum Geburtstag, verbunden mit dem besonders innigen Kuss, der sie seit so vielen Jahren noch immer glücklich machte. Das teure Parfum, das er für Christel kaufte, freute sie umso mehr, als dass sie sich genau diese Sorte gewünscht hatte.

Zwischen gerösteten Weißbrotscheiben und Christels hausgemachter Marmelade prangten noch immer die Tintenflecke, was sie veranlasste, Alfred darauf anzusprechen.

»Hör mal, hast du die Zeitung schon gelesen? Die Reporterin schreibt da, dass der Mann aus Hainewalde Leisentrit hieß. Mir ist da eine Idee gekommen. Es mag Zufall sein, aber hieß nicht auch der frühere Meißener Präfekt so? Diese Namensgleichheit ist schon ungewöhnlich, finde ich.«

»Es ist mit Sicherheit *kein* Zufall! Jedenfalls glaube ich das, und du wohl auch, wenn ich dich so höre. Ich bin sehr zeitig aufgewacht und habe in der Chronik geschrieben, weil ich dich nicht beim Schlafen stören wollte. Als ich mir dann die Zeitung holte, las ich als Erstes diesen Namen.

Christel, ich habe in all den Jahren etwas gelernt. Die Geschichte wiederholt sich *immer*, und das in schöner Regelmäßigkeit. Ich bin nur blöderweise wieder eingenickt. Tut mir übrigens leid für deine Tischdecke. Es kommt nicht wieder vor, versprochen«, entgegnete Alfred aufgeregt, ehe er fortfuhr.

»Schau, an Grete Böttchers Hinrichtung waren sechs Männer maßgeblich beteiligt. Einer davon war natürlich der Präfekt selbst, der die Verbrennung angeordnet hat. Dass man die Frau überhaupt erst festnahm, haben hingegen andere Menschen zu verantworten. Da wäre zuerst einmal dieser obskure Medikus, der sie verunglimpfte, aber auch der Stadtschulze, der Pfarrer und die zwei Ratsherren, die ebenfalls von ihr verflucht wurden. Ihre Söhne sollten auf die gleiche Art wie sie zu Tode kommen. Und wenn es auch Jahrhunderte dauert, hat sie ihnen entgegengeschrien.

Sechs Männer, und wir haben sechs Tote. Ich bin nicht so verrückt, an Vorhersehung oder andere unhaltbare Thesen zu glauben. Es ist nur überaus seltsam, dass ausgerechnet 440 Jahre nach Gretes Tod so etwas passiert. Ich habe mal gelesen, dass die 440 im katholischen Glauben des Mittelalters als Engelszahl galt. Zuweilen wird diese Zahl heute noch so angesehen.

Nun stell dir doch mal vor, es wäre tatsächlich jemand aus ihrer Ahnenreihe nach Bischofswerda gekommen, der sich jetzt für den Tod seiner Vorfahrin rächt. Vielleicht hält sich auch der Täter nur für bemüßigt, das zu tun, weil er denkt, er sei ihr Erbe.

Sogar das Datum stimmt überein! Ich hab extra noch einmal nachgeschaut. Am 9. Juni 1578 wurde sie verbrannt. Exakt in der Nacht des 9. Juni kam auch der Mann von der Belmsdorfer Straße zu Tode, und im Folgenden gab es jeden Tag ein neues Opfer. Der Tote in Hainewalde wurde am 15. Juni gefunden. Klammern wir mal aus, dass er ausgerechnet den Namen Leisentrit trug, aber bei ihm scheint die Serie zu enden.

Das macht mich stutzig, verstehst du? Seit fünf Tagen ist nichts mehr passiert. Außerdem mache ich mir Gedanken, ob nicht doch ein Psychopath dahintersteckt. Und ob ich vielleicht diese unbewiesene Geschichte gar nicht hätte erzählen sollen, weil ich damit bei einem kranken Menschen womöglich ein schlafendes Monster geweckt habe.

Wenn es zum Beispiel einer meiner damaligen Schüler wäre, würde ich mir mein Lebtag Vorwürfe deswegen machen! Es gibt ja nirgends Aufzeichnungen davon. Mein Urgroßvater hat mir die Legende erzählt, als ich noch ein kleiner Junge war. Nicht, dass ich seinen Worten nicht glauben würde!

Aber selbst in der offiziellen Stadtchronik taucht der Name Grete Böttcher nicht auf, geschweige denn ihre Verbrennung als Hexe auf dem Marktplatz. Die Frage ist nun, wie das alles zusammenpasst.«

Christel hatte bis dahin schweigend und staunend zugehört. Jetzt gab sie ihm eine Antwort, mit der er niemals gerechnet hätte: »Ich sag dir was. Wir beide bereiten erst mal die Feier vor. Gerda und Rolf müssten auch bald hier sein. Ihr Männer bringt die Sitzecke auf Vordermann, und wir Frauen kümmern uns um die Verköstigung. Und morgen rufst du bei der Polizei an und sagst genau das, was du mir gerade erzählt hast. Du hast nämlich recht. Ich bin mir sicher, dass es da einen Zusammenhang gibt.«

»Weib, ich liebe dich!«, entgegnete Alfred erleichtert, wonach er seine Frau fest in die Arme nahm und ihr den zweiten Kuss des Tages auf den Mund drückte.

»Das möchte ich dir auch geraten haben, mein Bester«, flüsterte sie mit verschmitztem Lächeln.

Kapitel 11

Jagdbeginn

»Herr Kriminaloberkommissar, können Sie mir …«
Weiter kam Frau Förster nicht, denn sie wurde sofort von Stark unterbrochen, wenn auch lächelnd.

»Herr Stark genügt. Sie müssen mich nicht mit meinem Rang ansprechen. Sie sind ja kein Angehöriger der Polizei.«

»In Ordnung, Herr Stark. Also noch einmal von vorn. Können Sie mir bitte sagen, wie weit die Ermittlungen vorangeschritten sind und ob es bereits einen oder gar mehrere Verdächtige gibt?«, fragte die junge Reporterin. Ihr Diktiergerät lag griffbereit auf dem kleinen Schreibtisch.

Seit es den ersten Todesfall in Bischofswerda gab, war dies ihre – und *nur* ihre – Story. Mit Stolz las sie unter jedem einzelnen Artikel ihren Namen: Von Ina Förster. Es war der untrügliche Instinkt einer versierten Zeitungsredakteurin, der sie dazu brachte, den richtigen Menschen die richtigen Fragen zu stellen. Dies tat sie auch am vergangenen Sonntag, als sie unversehens zu einem Familienbrunch eingeladen wurde.

Natürlich sprach man dort über den Tod von Matthias Ritter, der schon aufgrund seiner kriminellen Machenschaften nahezu prädestiniert war, eine packende Reportage über ihn zu schreiben. Sie, die nicht jeden Tag mit spannenden Ereignissen zu tun hatte und sich schon vor dem alljährlichen Sommerloch gruselte, war hier an etwas Großem dran. An etwas *wirklich* Großem, das weit über die Grenzen des Landkreises hinausging und das ihr, bei allem Respekt, bestimmt nicht jeder Kollege gönnte.

Heute bekam sie endlich das langersehnte Interview mit dem Leiter der Sonderkommission. Davon hing ab, ob und vor allem wie sie ihre Berichterstattung weiterführen musste, um die Leser dafür zu interessieren.

»Verzeihen Sie, dass ich Ihnen diesbezüglich keine Details nennen kann. Sie wissen ja, bei laufenden Verfahren und Ermittlungen gilt die Schweigepflicht bis zur offiziellen Bekanntgabe auf einer Pressekonferenz. Bislang werden lediglich Befragungen bei der Bevölkerung durchgeführt«, antwortete Stark etwas gedehnt.

»Was können Sie mir zu den Opfern sagen?«

»Nun, ich würde sie zuerst einmal nicht Opfer nennen. Die Bezeichnung Opfer impliziert stets auch einen mutmaßlichen Täter oder eine Täterin. Wir sprechen aber derzeit nicht von Mord, Totschlag oder ähnlich gelagerten Gründen für das Ableben der sechs Männer. Sobald die Abteilung Rechtsmedizin die Obduktionen abgeschlossen hat, wissen wir mehr.«

Stark ließ die Reporterin absichtlich um Unklaren, indem er ein paar relevante Eckpunkte unterschlug. Einer davon war, dass Richard Holtke sich längst ein Bild gemacht und die in Sachsen beheimateten Toten miteinander verglichen hatte. Der Frankfurter Pathologe bestätigte ihm, dass auch sein Patient genau die gleichen Merkmale aufwies, nämlich fünf verkohlte innere Organe.

Inzwischen stellte es sich sogar heraus, dass dieser ursprünglich aus Putzkau stammte und erst nach der Wende nach Frankfurt am Main zog. Christian Augenthaler, so hieß er wohl, trainierte bis vor einiger Zeit eine Jugendfußballmannschaft im Stadtviertel Westend. Bis er eines Tages beschloss, sich der rechtsradikalen Szene zuzuwenden, und seine Jungs offen dazu aufforderte, vor allem bei Gegenspielern mit ausländischen Wurzeln kein Foul zu scheuen. Irgendwann bemerkten die dazugehörigen Eltern das mangelnde Fairplay und gingen gemeinsam dagegen vor.

Der Mann wurde umgehend von seinem Amt entbunden, woraufhin er sich verstärkt in einer vom Verfassungsschutz überwachten Vereinigung engagierte. Gegen ihn lagen mehrere Anzeigen wegen räuberischer Erpressung und Nötigung vor. Dies aber war einzig und allein die Angelegenheit der Dienststelle in Frankfurt.

Niemals hätte Stark der Zeitung, egal welcher, verraten, wie weit seine Sonderkommission inzwischen gekommen war. Dementsprechend enttäuscht blickte Frau Förster drein, als er einen Anruf aus Bautzen bekam, dass die Lebensgefährtin des Herrn Ritter in einer halben Stunde zur Befragung auftauchen würde.

»Sie werden verstehen, dass ich diesen Termin wahrnehmen muss. Sobald ich interessante Neuigkeiten für Sie habe, melde ich mich bei Ihnen.«

Mit diesem Versprechen und einem freundlichen Abschiedsgeplänkel entließ er seine Gesprächspartnerin, durchaus mit sich und dem Verlauf des Interviews zufrieden. Nachdem sie die Pension verlassen hatte, griff er nach seiner alten, abgetragenen Jacke und begab sich ebenfalls zu seinem Auto.

Nichts lag ihm ferner, als ausgerechnet jetzt nach Bautzen zu fahren. Die Route über Demitz-Thumitz versprach an diesem Vormittag dank mehrerer Baustellen kein unbedingtes Vergnügen, und Wankowski bräuchte ihn bei der Koordination der Einsatzkräfte in Hainewalde sicher dringender. Andererseits klang die Beamtin am Telefon noch recht jung. Sie bat ausdrücklich um seine Anwesenheit. Vielleicht traute sie es sich allein nicht zu, die brisante Aussage aufzunehmen.

Demnach lenkte er seinen Wagen auf dem direkten Weg stadtauswärts. Die A4 verhieß als einzig mögliche Alternative nichts Gutes, wie er im Verkehrsfunk hörte. Beginnend bei der Auffahrt Burkau stauten sich die Fahrzeuge aufgrund eines Unfalls bis nach Bautzen hinein.

»Hier bitte Verzögerungen von bis zu dreißig Minuten einplanen«, sagte der Sprecher gerade. Dreißig Minuten, die Stark nicht hatte, zumal er die kleinen Schleich- und Umfahrungswege in dieser Gegend weder kannte noch seinem veralteten Navigationssystem im Dienstwagen vertraute.

Nach einem Zwischenhalt bei der Tankstelle, wo er sich mit einer neuen Packung Tabak versorgte, erreichte er schließlich das Bautzener Revier, wenn auch mit ein paar Minuten Verspätung. Dort wurde er bereits erwartet, wie man ihm mitteilte.

Der Kollege am Empfangstresen führte ihn denn auch ohne weitere Umstände in ein kleines Büro am Ende des Ganges. Tatsächlich saß eine sehr junge Frau hinter dem Schreibtisch, die ihrem Aussehen nach gerade erst die Landespolizeischule absolviert haben dürfte. Lange schwarze Haare umrahmten ein schmales Gesichtchen mit großen Augen. Auch die überaus zierliche Figur wirkte mehr mädchenhaft denn ausgereift.

Wie sehr sich Stark doch in dieser ersten äußerlichen Einschätzung irrte! Gleich darauf bewies ihm die Beamtin, dass sie sehr wohl kompetent und überaus erfahren agierte.

Als die geladene Zeugin Ingrid Anders eintrat, wurde ihm ein regelrechtes Vorzeigebeispiel an eloquenter Verhörtechnik präsentiert, das ihn mit fortschreitendem Verlauf immer mehr in Erstaunen versetzte. Die Kollegin erinnerte ihn an …

Unterdessen bekam auch Kommissar Wankowski etwas geboten, mit dem er nicht gerechnet hätte. Hainewalde, so stellte er fest, war ein gemütliches und kulturhistorisch interessantes Örtchen nahe dem Zittauer Gebirge. Er konnte sich zwar den Anker im Wappen nicht erklären – hier gab es außer einem Fluss namens Mandau kein nennenswertes Gewässer – aber allein die Ortsgründung im frühen 14. Jahrhundert weckte Wankowkis Neugier.

Er, seit Jahren begeistert von den steinernen Zeitzeugen des Mittelalters, nahm sich fest vor, bei passender Gelegenheit das

Rittergut und das sogenannte Neue Schloss in der Partnergemeinde Großschönau zu besichtigen. Vorerst aber galt es, den Auftrag seines Mentors Stark umzusetzen. Das bedeutete in erster Linie die Verteilung der Einsatzkräfte zu jeweils zwei Personen auf die nächstgelegenen Straßen rings um den Wohnsitz des verstorbenen Herrn Leisentrit.

Gerade winkte er die letzten beiden Kollegen heran, als eine verhärmte Frau den unordentlichen Innenhof betrat. Sie trug einen dunklen Wollmantel und eine überdimensionale Sonnenbrille. Ersterer war ungewöhnlich für die Jahreszeit. Das große Thermometer am Haus zeigte bereits jetzt um die zwanzig Grad.

Wankowski schaute sie prüfend an, als sie auf ihn zulief, und bemerkte sofort, dass sie auf dem rechten Bein hinkte.

»Können Sie mir bitte sagen, was hier vor sich geht?«, fragte die Frau mit schleppender Stimme.

»Kommissar Wankowski, guten Tag. Wie kann ich Ihnen helfen?«, erwiderte er.

»Noch mal, was zum Teufel geht hier vor? Suchen Sie jemanden? Was soll der Auflauf hier?«

In dieser Sekunde nahm sie ihre Sonnenbrille ab, worauf Wankowski erschrocken zurückfuhr. Ihr Gesicht! Ein violett unterlaufenes Hämatom zog sich vom rechten Auge bis zum Jochbein. Über ihrer Augenbraue klebte ein breites Pflaster. Dies war mit Sicherheit kein Nasenbeinbruch, wie man ihn sich beispielsweise bei einem unglücklichen Sturz zuzog. Der junge Kommissar erkannte mit geübtem Blick, dass diese Frau sehr zielgerichtet geschlagen wurde, wobei die ersten Spuren bereits verblassten.

»Wir führen hier eine polizeiliche Ermittlung durch. Wie gesagt, mein Name ist Wankowski, und wer sind Sie?«

Fast schüchtern kam die Antwort: »Ich heiße Elke Leisentrit.«

Kapitel 12

Abwehr

Tja, Pech gehabt! Was hast du denn erwartet, du dusseliger Griebsch? Ich hab dir doch gesagt, du sollst nicht zu ihr fahren. Und was machst du? Du setzt dich ins Auto und fährst auf der Stelle zu Margarete nach Pickau, um sie zu besuchen! Kannst du sie nicht endlich in Ruhe lassen? Dir ist wirklich nicht mehr zu helfen«, schimpfte Horst Behrend.

»Aber ich wollte ihr doch nur ein paar frische Blumen vorbeibringen, so als nette Geste unter Kollegen. Schließlich ist sie krankgeschrieben«, erwiderte Michael kleinlaut.

»Und das bedeutet, du darfst einfach so zu ihr nach Hause kommen, ja? Sie hat dir doch ganz eindeutig gesagt, dass sie nichts von dir will, oder nicht? Hör mal, Junge, du musst das endlich akzeptieren. Die Frau ist nicht an dir interessiert.

Geschieht dir ganz recht, dass sie dich rundgemacht hat. Ein anständiger Mann hätte vorher angerufen und gefragt, ob sie überhaupt Besuch haben möchte. Sogar ich wäre sauer, wenn du bei mir ohne Anmeldung reinschneist.«

Horst konnte es immer noch nicht fassen, dass sein junger Kollege trotz seines guten Rates die Dreistigkeit hatte, Margarete zu besuchen. Damit nicht genug, denn auch Herr Schinkwitz hatte bei seinen Mitarbeitern ausdrücklich darum gebeten, sie nicht zu kontaktieren, damit sie sich auskurieren konnte. Der Einzige, der sich nicht daran zu halten gedachte, war Michael.

»Frankenthaler Sturschädel, dämlicher! Jetzt bist du endgültig unten durch bei Margarete, und das hast du dir jetzt selber zuzuschreiben. Vielleicht lernst du ja auf diese Art mal, dass man die Frauen auch respektieren muss.

Ein Nein ist kein Vielleicht und erst recht kein Ja! Sie will jetzt keine Beziehung, sie mag keinen Fußball und sie möchte erst recht nicht mit dir in die Kneipe gehen. Daran wird sich wohl in absehbarer Zeit nichts ändern. Punkt! Nimm es hin und verhalte dich entsprechend!«, grollte Horst letztmalig, ehe er das Thema wechselte und über die zukünftige Baustelle sprach.

Der Juniorgeselle zog resigniert den Kopf zwischen die Schultern. Es stimmte ja, was sein Vorarbeiter ihm sagte. Nachdem Margarete ihm am Nachmittag zuvor ebenso laut schimpfend die Tür wies, wurde auch Michael langsam klar, dass eben es nicht genügte, in sie verliebt zu sein. Da diese Gefühle ihrerseits nicht erwidert wurden, konnte er sich wohl endgültig von dem Gedanken verabschieden, seine schöne Kollegin zu bezirzen.

Auf der Fahrt nach Goldbach blieb er einsilbig und dachte an den gestrigen Korb, der so groß war, dass man ihn getrost als Abdeckung für eine Kartoffelmiete nehmen konnte. Er schalt sich selbst einen Narren, dass er es überhaupt darauf ankommen ließ, als unerwarteter Rosenkavalier bei seiner Angebeteten aufzuschlagen. Freilich war der Strauß schön und weiß Gott nicht billig, aber Margarete hatte selbst einen ganzen Garten mit schönen Blumen.

»Jetzt hör mir mal gut zu, mein Freund! Wofür hältst du dich eigentlich?«, entfuhr es ihrem Mund, als er sie strahlend anlächelte.

Was danach kam, war eine äußerst zornige und offen feindliche Tirade, die jedweder Zurückhaltung entbehrte. Neben der Frage, ob er noch ganz dicht sei, durfte er sich auch die eindringliche Wiederholung anhören, dass er keinesfalls der Mann wäre, den sie sich zukünftig an ihrer Seite wünschte. Das hatte sie ihm schon einmal gesagt, nur drückte Margarete sich damals höflicher aus.

Als sich zu guter Letzt auch noch ein alter Herr von der Straße aus einmischte und ihm drohte, er würde auf der Stelle die Polizei rufen, ergriff Michael samt den dunkelroten Rosen die Flucht. Warum hatte er auch auf seine Kumpels gehört? Diese rieten ihm, er solle ein Mann sein und sich nicht abweisen lassen.

»Wenn ein Weib sich zickig anstellt, hat das noch lange nichts zu sagen. Die braucht nur mal einen gescheiten Kerl, der weiß, was er will! Also zeig ihr, wo es langgeht!«, sagten sie und klopften ihm aufmunternd auf die Schulter.

Gut, es war nach dem Training und weit nach dem achten Jägermeister, und es gab durchaus auch warnende Gegenstimmen, wie er zugeben musste. In Summe aber überwog doch die bierselige Gewissheit, Margaretes Herz auf diese Art gewinnen zu können.

Kurz vor dem Haus vom Altgesellen Andreas Ranke gestand Michael sich ein, dass er es jetzt wohl endgültig vergeigt hatte. Er schalt sich innerlich selbst einen Trottel.

Auch Margarete dachte an diesem Morgen noch einmal kurz an die unsagbar peinliche Situation, die sich vor ihrem Gartentor abspielte.

Am liebsten hätte sie Michael die Rosen um die Ohren gehauen. Im Grunde war sie dankbar, dass der allgegenwärtige Herr Nicklich ihr Geschrei vernahm und die Szene beendete. Er nahm zu Recht an, dass sie dieser »aufdringliche Galan« belästigte, wie er Michael nannte. Nicht, dass sie das Ganze nicht allein hätte bereinigen können, aber Herr Nicklich verstand sich trotz seines hohen Alters als Ehrenmann. Mit seiner Unterstützung und dem drohend erhobenen Gehstock ging es schneller.

Nun saß sie in ihrem grünen Refugium und schüttelte noch immer mit dem Kopf. Allerdings nicht lange, denn ein anderer und wichtigerer Punkt stand auf der Agenda. Es ging um ihre

Gesundheit. Oder besser gesagt, um ihre Krankheit, deretwegen Margarete eigentlich zu Hause bleiben musste.

Seit ihrem Besuch beim Arzt hatte sich etwas geändert. Nichts von dem, was sie bis vor einigen Tagen plagte, war noch da!

Sie verspürte weder Schmerzen in den Handgelenken noch im Rücken. Ihre Fingerspitzen zeigten nur noch eine leichte Rötung. Keine Spur mehr von den tiefen, blutig roten Abdrücken, die bei jeder kleinsten Berührung wie Feuer brannten. Am meisten aber sah sich Margarete davon beeindruckt, dass sie wieder ohne jedwedes Schwindelgefühl die Treppe hinabsteigen konnte.

Was ihr gestern noch wie ein Geschenk Gottes erschien, manifestierte sich heute zur Gewissheit. Sie fühlte sich beschwingt und leicht wie lange nicht mehr. Sollte die Infusion des Arztes so schnell ihre Wirkung entfalten? Vielleicht war sie ja gar nicht nervenkrank, sondern nur hochgradig überarbeitet. So ganz traute sie dem Frieden jedoch noch nicht.

Deshalb bemühte sie sich, keine abrupten Bewegungen zu machen, als sie die versprochenen Muffins für den Kaffeenachmittag in den Backofen schob. Kirsten liebte die süßen Küchlein abgöttisch, besonders dann, wenn sie mit frischen Brombeeren gefüllt waren. Nach dem Schließen der Ofentür ging ihr Blick noch einmal zu dem zerbrochenen Stein auf ihrem Regal. Zu ihrem Leidwesen hatte er sich inzwischen gänzlich verfärbt.

Von dem ursprünglich leuchtend grünen Schimmer war nichts mehr zu erkennen. So, wie er da lag, glich er jedem anderen schwarzgrauen Kiesel, zwar mit spiegelglatter Oberfläche, aber ansonsten ohne Besonderheiten. Nichts an ihm wies darauf hin, dass er noch vor Kurzem ein diffuses Licht ausstrahlte. Margarete konnte sich dennoch nicht entschließen, den Stein wegzuwerfen. Stattdessen rückte sie ihn jetzt ein wenig näher ans Fenster.

Im einfallenden Sonnenlicht wirkte er schon fast wieder attraktiv, trotz des hässlichen Risses. Vielleicht konnte man die beiden Hälften mit Haftkleber wieder zusammenfügen. Sie konnte es sich nicht erklären, warum sie diesen Stein so mochte, aber sie tat es.

Kurz darauf hatte sie den Gartentisch gedeckt. Das Geklapper der Tassen und der aromatische Geruch von frischem Kaffee lockten Kirsten herüber. Der Einfachheit halber nutzte sie den schmalen Durchgang zwischen den Grundstücken. Dort, wo die Hecken aneinanderstießen, hatte ihr Mann mit Bedacht ein kleines Schlupfloch freigelassen.

»Na? Leckere Muffins? Du und ich? Jetzt?«, fragte sie fröhlich.

»Sie sind noch nicht ganz fertig. Aber setz dich ruhig schon mal.«

Margarete ging – nein, sie lief, und das sehr behände – zurück in die Küche. Sehr zum Erstaunen ihrer Nachbarin, die ihr hinterherblickte und eine gewisse Leichtigkeit feststellte.

»Du bist ja wieder richtig flott unterwegs. Geht es dir besser?«, rief sie Margarete durch die weit geöffnete Terrassentür zu. »Wir hatten uns nämlich schon Sorgen um dich gemacht.«

»Das ist lieb von euch, aber das müsst ihr nicht. Ich fühl mich prima!«, lautete die Antwort.

Als sie mit den ofenfrischen Muffins heraustrat, fasste sich Kirsten ein Herz.

»Hör mal, Liebes, mir liegt seit ein paar Tagen etwas auf der Seele. Ich hab lange überlegt, ob ich dich überhaupt darauf ansprechen soll, und ich hoffe, du nimmst es mir nicht übel. Es geht mich eigentlich nichts an, aber was treibst du eigentlich mitten in der Nacht auf deinem Spitzboden? Und warum gehst du vorher im Dunkeln spazieren?«

Ihr Tonfall ließ nicht auf reine Neugierde schließen, eher auf ernstgemeinte Anteilnahme. Daher antwortete Margarete auch ehrlich: »Ich weiß wirklich nicht, was du meinst. Dein Mann hat mich letztens auch schon so komisch gefragt. Klär mich doch bitte auf, worum es eigentlich geht.«

Kirsten holte tief Luft und begann, ihre eigenen Beobachtungen und die von Andreas aufzuzählen. Je mehr sie darüber sprach, desto größer wurden Margaretes Augen.

»Du willst mir also sagen, dass Andreas mich in der Nacht vor der Auffahrt getroffen hat, als er vom Spätdienst kam? Und dass ich ihn weder begrüßt noch erkannt habe, sondern in Richtung Wald davongerannt bin? Und dass drei Nächte in Folge mein Bodenlicht gebrannt hat? Bei allem Respekt, Kirsten, aber wie kommt ihr beiden nur darauf?

Ich müsste doch wohl wissen, wenn ich das Haus verlasse oder wenn ich auf meinen Boden gehe! Ehrlich, ich *hasse* Spitzböden, und du weißt das auch! Du kennst meine Spinnenphobie. Warum also sollte ich dort hinaufsteigen, noch dazu nachts? Um diese Zeit lieg ich längst in meinem Bett!

Wenn also das Licht gebrannt hat, dann habe ich es ganz sicher nicht angeschaltet. Ich werde aber einen Elektriker bestellen, der das überprüft. Vielleicht ist da ein Kurzschluss in der Leitung. Der Schalter könnte auch kaputt sein. Was es auch immer sein mag, ich rufe noch heute einen Fachmann an, der sich damit auskennt.

Und was meine angebliche Nachtwanderung betrifft, so muss ich passen. Wie gesagt, ich schlafe in der Nacht wie jeder andere Mensch auch. Außerdem ging es mir in letzter Zeit nicht gut. Ich habe meines Wissens sogar mehr geschlafen als je zuvor. Andreas muss sich geirrt haben!«

Mit resigniertem Gesichtsausdruck und hängenden Schultern stellte Margarete den Kuchenteller auf den Tisch. So lecker die Muffins dufteten, so seltsam war ihr plötzlich zumute.

Wie konnte es nur sein, dass sowohl Kirsten als auch ihr Mann etwas gesehen hatten, wovon sie selbst nicht im Ansatz wusste? Natürlich meinten sie es nicht böse, warum auch? Sie pflegte ein gutes Verhältnis zu ihren Nachbarn und war mit Kirsten sogar eng befreundet.

Es gab einfach keinen Grund, zu behaupten, sie würde in tiefster Dunkelheit hinaus in den Wald …

Der Schock der Erkenntnis durchfuhr Margarete so heftig, dass sie sich an der Lehne ihres Stuhls festklammern musste. Die Fichtennadeln an und in ihren Schuhen! Der dunkle Kapuzenumhang aus Lodenstoff, der eigentlich nur dekorationshalber an ihrer Garderobe hing und trotzdem eines Morgens zerknüllt auf der Erde lag!

»Oh Gott Herzchen, ist dir schlecht? Setz dich erst mal. Ich hol dir schnell ein Glas Wasser aus der Küche«, rief Kirsten mit entsetzter Stimme.

»Nein, alles in Ordnung. Warte! Lass mich kurz zu Atem kommen, ja? Ich glaube, Andreas hat recht. Ich war *wirklich* nachts draußen. Ich fürchte, ich bin eine Schlafwandlerin!«

Kapitel 13

Unglaube

»Papa, ich kann dich ja verstehen. Niemand kennt sich in der Geschichte besser aus als du. Aber denkst du wirklich, da könnte was dran sein? Oder wünschst du es dir nur, weil es zu deiner Chronik passt?«

Gerda schaute ihren Vater etwas irritiert an, als sie ihn das fragte. Die letzten Geburtstagsgäste hatten sich gerade verabschiedet. Nun saßen sie noch ein wenig in Familie zusammen und sprachen über die Ereignisse der vergangenen Tage. Dass Alfred und Christel gemeinsam der Ansicht waren, die Polizei müsste hierüber informiert werden, machte ihre Tochter gleichsam nervös.

»Wenn du unbedingt möchtest, kann Rolf dich morgen zum Revier fahren. Aber versprich dir nicht zu viel davon. Aufgrund eines Märchens werden die wohl kaum einen ganzen Fall neu aufziehen.«

»Märchen? Hast du gerade *Märchen* gesagt? Das ist kein Märchen, mein Kind! Hier geht es um eine ernsthafte Sache!«, fuhr Alfred wütend in die Höhe.

»Wahrscheinlich begreifst du gar nicht, was das für Auswirkungen haben kann. Was ist, wenn noch mehr Leute umgebracht werden? Würdest du das verantworten können, weil es *nur ein Märchen* ist? Stell dir mal vor, da läuft ein Psychopath rum und murkst reihenweise Menschen ab. Die haben alle Eltern, Geschwister, vielleicht auch eigene Kinder. Wie mögen die sich wohl fühlen, wenn man ihnen sagt, es sei ja alles nicht so tragisch? Es ist ja nur ein Märchen!«

Seine Augen sprühten Funken, ein Anblick, den man noch aus seiner Lehrerzeit kannte.

So entrüstet wurde Alfred immer dann, wenn er sich und seine Arbeit nicht ernstgenommen sah. Umso mehr ärgerte es ihn, dass es ausgerechnet Gerda war, die ihn kritisierte. Sonst wusste er sie immer felsenfest an seiner Seite.

Ob wohl der Schwiegersohn dahintersteckte? Rolf konnte man nicht gerade als interessiert bezeichnen, was die Chronik betraf. Er hielt die akribischen Aufzeichnungen für das sinnfreie Hobby eines alten Mannes. Auch jetzt verzog er spöttisch den Mund und verdrehte dabei die Augen, was Alfred nur noch mehr auf die Palme trieb. Zum ersten Mal seit Langem vergaß er seinen Leitsatz, sich ihm gegenüber niemals zu einer unbedachten Äußerung hinreißen zu lassen.

»Und du brauchst gar nicht so überheblich zu gucken! Du denkst doch sowieso, dass ich einen Spleen habe, richtig? Weißt du was? Lass es einfach bleiben! Du musst mich nicht fahren. Ich kann mir auch ein Taxi nehmen, das mich nach Bautzen bringt. Dafür wird meine Rente schon noch reichen!«

Nach diesen Worten sprang Alfred auf und ging ins Haus, ohne sich noch einmal umzudrehen. Keiner seiner ehemaligen Schüler wäre je auf die Idee gekommen, ihn und sein Wissen infrage zu stellen. Noch heute wurde er auf der Straße respektvoll gegrüßt, nicht selten sogar freundlich angesprochen und nach seinem Wohlbefinden gefragt. Rolf aber hielt ihn einfach für altersstur und, wie es schien, auch für zunehmend unzurechnungsfähig.

Betrübt saß er im Wohnzimmer, während er hörte, wie Gerda und Christel leise in der Küche miteinander sprachen. Er verstand zwar nicht, was seine Frau sagte, aber ihr Tonfall ließ darauf schließen, dass sie ebenfalls nicht besonders glücklich mit der Wendung dieses Abends war. Kurz darauf klappte die Haustür zu und Rolfs Auto brauste davon.

»Alfred?«, klang ihre Stimme mitfühlend an sein Ohr.

»Ja?«

»Sie wollten dich bestimmt nicht verärgern.«

»Ich weiß, Liebling.«

»Lass uns ins Bett gehen. Morgen ist auch noch ein Tag. Ich hab mir etwas überlegt.«

»Was denn?«, fragte er müde.

»Ich wollte mir schon lange mal das Senfmuseum in Bautzen anschauen. Wie wäre es, wenn wir mit dem Zug fahren und uns dort einen schönen Tag machen? Wir könnten in aller Ruhe durch das Kornmarkt-Center bummeln, das Eiscafé Italia plündern und dann die Alte Wasserkunst besuchen.«

Ihr schelmisches Zwinkern entlockte Alfred ein Lächeln. An der Alten Wasserkunst traf er Christel zum ersten Mal. Tief in Theodor Storms Novelle »Der Schimmelreiter« versunken, saß sie auf einer Bank vor den markanten Felsabbrüchen und nahm nichts um sich herum wahr.

Bis er sie ansprach und ihr erklärte, dass dieses Bautzener Wahrzeichen früher aus Holz bestand und im Jahr 1515 abbrannte. Dabei erfuhr er auch, dass sie an diesem Tag, dem 20. Juni, Geburtstag hatte.

Es gab seinerzeit noch kein Einkaufszentrum, dafür aber eine nette kleine Milchbar am Marktplatz, in die er Christel spontan einlud. Zu seinem Glück gefiel er ihr, was am Ende dazu führte, dass das junge Paar im Oktober 1959 getraut wurde. Schon jetzt freute sich Alfred auf die Diamantene Hochzeit. Nicht allen Ehepaaren war es vergönnt, sechzig Jahre glücklich miteinander zu sein. Umso mehr liebte er seine Frau in diesem Moment, da sie ihn an seinem seelischen Tiefpunkt abholte und ihm Mut machte.

»Danke, Liebling. Für alles!«, sagte er leise, und Christel verstand.

Auch am nächsten Morgen übte sie Nachsicht mit ihm, als er in seiner Aufregung die Enden der Krawatte falsch übereinanderlegte und sich hoffnungslos verhedderte.

»Was soll denn das werden, Kerl? Wolltest du einen Pionierknoten binden? Gib mal her, ich mach das«, meinte sie kichernd.

Zwei Minuten später war das Problem erledigt. Richtig stattlich sah Alfred aus, wie sie neidlos zugab. Stolz stieg sie in das bestellte Taxi, das die beiden zum Bahnhof brachte. Noch stolzer saß Christel dann neben ihm im Zug, weil er ihre Hand nahm und den freien Arm zärtlich um ihre Schulter legte.

In Bautzen angekommen liefen sie zuerst zum Polizeirevier, das nur wenige Minuten entfernt war.

»Ach, die Taucherstraße, weißt du noch?«, fragte Alfred.

Oh ja, Christel wusste, worauf er anspielte. Es war der erste offizielle Kuss, den sie von ihm bekam.

»Du wirst doch jetzt nicht ernsthaft daran denken …«

»Doch, ich werde!«, unterbrach er ihren Satz. Gleich danach umarmte er sie stürmisch, ohne sich um die erstaunten Blicke der anderen Passanten zu scheren, und küsste sie so innig wie zu Jugendtagen. Es half nicht, dass sie zappelte und sich ihm zu entwinden versuchte. Erst spontan einsetzender Beifall unterbrach Alfred in seinem Tun, und wie er sah, kam das Klatschen von einer Gruppe junger Männer, die zudem noch anerkennend pfiffen.

Es lag nichts Verletzendes oder gar Abwertendes in ihren Gesichtern. Trotzdem bat Christel mit errötetem Gesicht darum, jetzt endlich weitergehen zu dürfen. Schließlich wartete noch ein wichtiger Termin auf sie.

»Das hat dir gefallen, was? Du bist und bleibst ein eitler Gockel!«, meinte sie mit Blick auf ihren Mann, der ihre Worte mit einem mokanten Grinsen quittierte.

Leider verlief das Treffen mit dem Polizeibeamten nicht halb so gut, wie Alfred es sich erhoffte. Zwar nahm dieser seine Aussage auf, er machte sich auch ein paar handschriftliche Notizen. Seine Mimik aber zeigte nur allzu deutlich, was er von Alfreds Theorie eines geistig verwirrten Trittbrettfahrers hielt.

»Ich werde den leitenden Kollegen darüber in Kenntnis setzen. Können Sie sonst noch etwas Sachdienliches beitragen?«

»Vorerst nicht. Haben Sie vielen Dank.«

Alfred erhob sich und zog seine Frau am Arm mit. Die herbe Enttäuschung war ihm deutlich anzusehen. Sie verließen gemeinsam das Revier, nicht eben zufrieden mit dem Ausgang ihres Vorhabens. Draußen vor der Haustür murmelte er leise: »Er sah genauso aus wie Rolf gestern. So ungläubig und abwertend, als sei ich ein tatteriger, alter Sack, der sich bloß etwas zusammenspinnt.«

»Zuerst einmal bist du kein Sack, und schon gar nicht tatterig!«, entgegnete Christel ebenso ruhig.

Sie nahm sein Gesicht in ihre Hände, unendlich zärtlich und mitfühlend.

»Sieh mir in die Augen, bitte. Ist es denn so wichtig, was unser Schwiegersohn darüber denkt? Ist es wichtig, was der Polizist davon hält, bei dem wir gerade waren? Nein, Schatz, unterbrich mich jetzt nicht. Mögen sie doch glauben, was sie glauben wollen! Fakt ist, es gibt eine Geschichte, die zu den Morden passt, und *du* kennst sie. Du hast also alles richtig gemacht.

Und dass Gerda ihrem Mann beisteht, ist doch völlig normal. Ich tu das nämlich auch, selbst wenn du mir mitunter ganz gewaltig auf die Nerven gehst mit deiner Schreiberei. Dafür ist man miteinander verheiratet. Man hält zusammen, verstehst du?«

Bestürzt, aber auch zutiefst berührt, wischte Christel ihm die Tränen von den Wangen. Alfred war nie der weinerliche Typ Mann. Ihn so traurig zu sehen, zerriss ihr regelrecht das Herz. Deshalb, und weil sie ihn über alles liebte, war es nun an ihr, ihn aufzufangen.

Noch während sie liebevoll auf ihn einsprach, hastete ein Beamter aus der Tür und mit einem halblauten »Entschuldigung!« an den beiden Senioren vorbei. Die Jacke, die er über dem Arm trug, verhedderte sich dabei im Trageriemen von Christels großer Handtasche. Er hatte es so eilig, dass er sie im Laufen fast mit sich gerissen hätte.

»Meine Frau lassen Sie aber hier, Herr Polizist!«, gab Alfred lächelnd von sich.

Christel atmete auf. Die Schatten in seinem blassen Gesicht hatten sich verzogen, zumindest fürs Erste. Innerlich dankte sie dem fremden Mann, der ihr so unversehens dabei half, Alfred wieder aufzumuntern.

Kapitel 14

Déjà-vu

»Sind Sie möglicherweise mit Herrn Adrian Leisentrit verwandt oder verschwägert? Falls das so ist, müssen Sie nämlich keine Aussage machen. Allerdings möchte ich dennoch Ihre Personalien überprüfen.«

Leon Wankowski bat um den Ausweis der erschöpften jungen Frau, den sie ihm auch bereitwillig übergab.

»Ich bin mit Adrian verheiratet. Was ist mit ihm?«, fragte sie, während Leon den Ausweis studierte.

»Leider muss ich Ihnen eine traurige Mitteilung machen. Ihr Mann wurde vor einigen Tagen tot aufgefunden.«

Frau Leisentrit verzog trotz der schockierenden Nachricht keine Miene. Im Gegenteil spielte für Sekundenbruchteile ein leises Lächeln um ihre Mundwinkel, kaum erkennbar. Leon sah es dennoch, und hob infolgedessen irritiert die Augenbrauen.

»Ich war in den letzten zwei Wochen nicht daheim, sondern in Hannover bei meiner Schwester. Sie können sie gern fragen, falls Sie mir nicht glauben.«

Wenn Wankowski etwas aus dem Tritt brachte, dann war es die spontane Benennung von Alibi-Zeugen, nach denen niemand gefragt hatte. So sah es auch sein Mentor, der nur Minuten nach der Ankunft der Witwe eintraf.

In gewohnt rationaler Manier übernahm er die Führung des kleinen Trupps, der sich in Hainewalde aufhielt. Und doch war etwas an ihm, das Leon hinreichend verunsicherte. Stark wirkte distanziert, nahezu emotionslos und erstaunlich wortkarg. Nein, die Bezeichnung traf nicht ansatzweise das, was in ihm vorging.

Jemand, der ihn nicht so gut kannte, würde einen sattelfesten Polizisten sehen, der im strengen Ton mit seinen Untergebenen sprach und sie in ihren Dienst einwies. Kurz zuvor bat er Frau Leisentrit darum, einen Moment zu warten und die eheliche Wohnung nicht ohne ihn zu betreten.

»Ich möchte mich erst vergewissern, dass die Spurensicherung mit der Arbeit fertig ist«, gab er als Grund bekannt.

Wankowski machte sich bereits auf den Weg in die von Stark benannte Gegend. Er wie auch der Kollege aus Zittau sollten sich am Fundort der Leiche ein genaueres Bild machen. Es erübrigte sich, seinen Mentor zu fragen, was ihm wohl widerfahren sein mochte. Dies könnte er ebenso gut am Abend beim Gespräch in der Pension tun. Nicht, dass Stark es ihm näher erläutern wollte – was das betraf, war er mit sich selbst noch lange nicht im Reinen und würde es in der nächsten Zeit auch nicht sein.

Die Sache an sich konnte man nicht als weltbewegend bezeichnen, geschah sie doch jeden Tag und betraf viele Menschen. Für ihn aber hatte sich mit einem Schlag alles geändert. Sein ganzes bisheriges Leben stand nun auf dem Kopf. Bereits auf der Fahrt nach Hainewalde grübelte er, wie es in Gottes Namen möglich war, dass ihm dieser Umstand entging.

Einerseits gab es in der Dienststelle Bautzen eine aufstrebende Wachtmeisterin, die Margitta Albrecht hieß. Der Name sagte Stark erst einmal nicht viel. Die junge Kollegin führte die Befragung mit Bravour und einem leichten Anflug von Humor durch, sodass sich die anfangs ängstliche Zeugin im Fall Matthias Ritter schnell entspannte.

Viel Neues kam dabei nicht heraus, denn die Dame wusste kaum etwas über das kriminelle Vorleben ihres Freundes. Auch befand sie sich während der Tatzeit nachweisbar im Dienst, was ihr vom Arbeitgeber schriftlich attestiert wurde. Entsprechend befremdlich reagierte sie auf die Frage, inwieweit sie von den Methamphetaminen Kenntnis hatte, welche die Spurensicherung in Ritters Garage fand. Ihr Erstaunen war echt, genau wie ihre Entrüstung darüber.

»Hören Sie, ich arbeite als Krankenschwester! Glauben Sie wirklich, ich könnte es mir in so einer Stellung leisten, mit Drogen in Verbindung gebracht zu werden?«, rief sie aus.

»Was ich glaube, ist irrelevant, Frau Anders. Sie sitzen hier als Zeugin, nicht als Verdächtige. Also beantworten Sie mir bitte einfach nur die Frage, ob Sie von den Crystal-Meth-Packungen in den leeren Farbdosen wussten.«

Wachtmeisterin Albrecht ließ sich nicht aus der Ruhe bringen. Gezielt beschwichtigte sie die ihr gegenüber sitzende Frau, sodass diese nicht in die Verlegenheit geriet, sich aufzuregen.

»Ich wusste ja nicht einmal, dass Matthias eine Garage angemietet hat. Wir wohnen noch gar nicht richtig zusammen, wissen Sie? Erst in zwei Wochen wollte ich endgültig zu ihm ziehen. Das kann ich jetzt wohl vergessen«, erklärte die Zeugin schniefend.

»Es mag blöd klingen, aber irgendwie tut er mir trotzdem leid. Er war früher ein Mistkerl, das stimmt. Mir gegenüber hat er sich aber nicht schlecht benommen, sonst wäre ich ja nie … Wenn ich das nur vorher gewusst hätte!«

»Man kann von einem geliebten Menschen nach zwei Monaten enttäuscht werden, ebenso wie nach zwanzig Jahren. Ich verstehe Ihren Frust nur zu gut«, entgegnete Starks Kollegin mitfühlend.

Dabei warf sie einen kurzen, traurigen Blick auf den Bilderrahmen, der vor ihr stand. Doch nur Sekunden später hatte sie sich wieder im Griff und beendete das Gespräch mit professioneller Souveränität.

Nachdem Frau Anders das Büro verließ, bat sie Herbert Stark zur Unterschrift des Protokolls. Im Zuge dessen entdeckte er das Bild auf ihrem Schreibtisch und schnappte nach Luft.

»Wer … Wer ist das?«, fragte er mit gepresster Stimme.

»Das ist meine Mutter. Sie ist vor vier Monaten gestorben.«

Erika! Seine große Liebe, die ihn von jetzt auf gleich verließ, ohne ein Wort zu sagen. Wie lange war es her, knapp dreißig Jahre? Als sie sich damals von ihm trennte, brach für ihn eine Welt zusammen. Dabei führten sie eine glückliche Beziehung. Schon in der Schule waren sie unzertrennlich. Sie, beide im Alter von neunzehn Jahren, hatten gerade das Abitur erfolgreich bestanden. Erika wartete auf einen Studienplatz am Institut für Lehrerbildung in Großenhain, während er sich für den Polizeidienst entschied.

Im Zuge dessen bekam er die vorgezogene Einberufung zur Armee, damit er sich nach der Absolvierung seiner Pflichtzeit einem entsprechenden Studium widmen konnte. Im Dezember sollte es soweit sein. Danach hatten sie große Pläne, wollten heiraten und vielleicht eine gemeinsame Wohnung mieten. Keiner von beiden ahnte, dass sich demnächst ein ganzes Land im Umbruch befinden sollte.

So verschwand auch Erika über die Grenze in den vermeintlich goldenen Westen. Er, damals als Anwärter geltend, musste mit seiner Staffel bei den Montagsdemonstrationen im Herbst 1989 auf Streife gehen. Seine Verlobte hingegen plante im Geheimen bereits ihre Flucht. Stark ahnte nicht einmal im Ansatz, dass sie überhaupt daran dachte. Nie hatte sie daran Interesse bekundet, auch nicht in ihren nächtlichen Stunden, in denen sie über ihre gemeinsame Zukunft sprachen.

Eines Tages kam er vom Dienst nach Hause. Wie gewohnt fuhr er direkt zu ihren Eltern, die ihm weinend entgegenliefen und sagten, dass ihre Tochter vermutlich nach Prag in die dortige Botschaft der BRD unterwegs sei. Stark konnte es nicht glauben, wollte es wohl auch nicht. Daran änderte auch der Zettel mit dem Text »Kalle nimmt mich mit in die Tschechei! Ich mach rüber!« nichts, den man ihm vor die Nase hielt. Er rannte an seiner zukünftigen Schwiegermutter vorbei, rief laut nach Erika und durchsuchte die ganze Wohnung. Als er sie nicht fand, stürmte er hinaus, ohne sich um die panischen Eltern zu kümmern. Nur weg von hier, egal wohin!

Es war nicht nur die Angst um sie. Er hatte auch Angst um seine eigene Familie. Wer konnte schon wissen, wie sich die dramatischen Verhältnisse noch entwickeln würden? Bis dato gab es in diesem Staat nur eine Chance, wenn man nicht ins Fadenkreuz der Staatssicherheit geraten wollte. Man musste so unauffällig wie möglich durchs Leben gehen. Mit einer republikflüchtigen Freundin galt man aber nicht als unauffällig. In diesem Fall war man hochgradig verdächtig und wurde mindestens der Mitwisserschaft, wenn nicht gar der Beihilfe bezichtigt!

Letzten Endes konnte Stark es den Wirrungen der damaligen Zeit verdanken, dass weder ihm selbst noch seiner Familie etwas Ernsteres zustieß. Erikas Eltern blieben ebenfalls von einer Verfolgung durch die überforderten Behörden verschont, weil sie schwiegen, wie auch er es tat. Offiziell behaupteten alle Beteiligten, dass Erika sich von ihm getrennt hatte und mit ihrem neuen Freund aus Dresden weggezogen war.

Stark sah nie wieder eine andere Frau an. Er suchte Erika weder vor noch nach der Wende. Es wäre ihm ein Leichtes, ihren Wohnort herauszufinden, aber er wollte es nicht. Für ihn war die Sache abgeschlossen. Verzeihen konnte man so einen Verlust kaum, aber vielleicht vergessen, irgendwann. Es ging ihm noch nicht einmal darum, auf welche Art sie ihn verließ. Nur die Frage nach dem Warum quälte ihn, bis sich der Schatten der Zeit endlich über seinen Schmerz legte.

Jetzt aber, nachdem er das Bild sah, brach sich das, was er über so viele Jahre hinweg eisern unterdrückt hatte, erneut seine Bahn. Schon als die junge Kollegin sich an ihren Schreibtisch setzte und den Stift in die Hand nahm, überfiel ihn ein beklemmendes Déjà-vu. Auf die gleiche Art setzte sich Erika hin, und ebenso markant kreuzte sie die Beine unter dem Stuhl. Ja, Wachtmeisterin Albrecht war eindeutig die Tochter seiner früheren Verlobten!

Er nahm nur noch am Rande zur Kenntnis, was die Kollegin zu ihm sagte, als er ging. Nein, als er hinausstürmte, denn genau das tat er. So schnell, dass er beinahe das alte Ehepaar über den Haufen gerannt hätte, das draußen vor der Tür stand.

»Meine Frau lassen Sie aber hier, Herr Polizist!«, sagte der Mann noch halb scherzhaft.

Und genau wie damals wollte Stark nur noch weg, so schnell und so weit wie nur möglich.

Kapitel 15

Gründe

Am Morgen des 22. Juni saß Margarete in der Praxis des Neurologen Herrn Dr. Kreisig. Das Wartezimmer füllte sich mehr und mehr, was die am Tresen befindliche Arzthelferin dazu veranlasste, die neu eintretenden Patienten um einen Moment Geduld zu bitten. Nach einer weiteren halben Stunde bat sie darum, sich ein paar Minuten zu gedulden. Gegen zehn Uhr gab sie die Auskunft, dass die Leute in der Zwischenzeit gern noch etwas anderes erledigen könnten.

Trauriger Alltag in einer Facharztpraxis, wie Margarete mit einem Anflug von Bedauern feststellte. Nicht umsonst hatte sie Kirstens Auto ausgeliehen und sich in aller Frühe auf den Weg nach Bautzen gemacht. Dieser Umstand zuzüglich der Dringlichkeitsbescheinigung des Allgemeinarztes verschafften ihr den Luxus, nicht bis nach dem Mittag auf ihre Untersuchung warten zu müssen.

Dr. Kreisig hingegen war die Ruhe selbst, ganz im Gegensatz zu seiner völlig entnervten Sprechstundenhilfe. Bedächtig prüfte er die ihm zugesandten Befundberichte, blickte dabei skeptisch zu Margarete und fragte schließlich, ob ihre Beschwerden noch immer so akut seien.

»Momentan sehe ich nämlich keine Hinweise auf ein dauerhaftes entzündliches Geschehen. Ihre Blutwerte lassen ebenfalls nicht auf einen chronischen Vorgang schließen. Ein Schub von

Weichteilrheumatismus käme eventuell noch in Frage, aber das würde ich in Ihrem Alter erst mal ausklammern. Ich kann Sie auch dahingehend beruhigen, dass bei dieser Ausgangslage keine Vorstufe von Epilepsie erkennbar ist.«

Erneut vertiefte er sich in die Dokumente, bis er sich dazu entschloss, sie gründlich zu untersuchen. Der Allgemeinarzt hatte ausdrücklich auf die lädierten Fingerspitzen hingewiesen, welche nach der Wirbelsäule und dem Torso auch von Dr. Kreisig in Augenschein genommen wurden.

»Spielen Sie Gitarre oder ein anderes Saiteninstrument?«, fragte er zielgerichtet.

»Früher habe ich tatsächlich Gitarre gespielt. Genau dieser Gedanke ging mir ebenfalls durch den Kopf. Es fühlte sich an wie nach einer sehr langen Übungsstunde, nur eben viel schlimmer.«

»Was auch immer Sie getan haben, junge Frau, tun Sie das bitte nicht mehr oder wenigstens nicht so exzessiv«, meinte der Arzt schmunzelnd, indem er behutsam über ihre fast verheilten Papillaren strich.

»Sagen Sie, Herr Doktor, kann es sein, dass ich schlafwandle?«

»Wie kommen Sie denn darauf?«

»Das ist schwer zu erklären. Ich fand Fichtennadeln in und an meinen Schuhen, habe aber absolut keine Ahnung, wie sie dahin gekommen sind. Und mein Nachbar beharrte neulich darauf, mich in der Nacht draußen getroffen zu haben, wovon ich ebenfalls nichts weiß. Deshalb dachte ich …«

»Somnambulismus kommt vielleicht in Frage, aber hierfür gibt es nur wenige Therapieansätze. Außerdem können die Ursachen sehr vielfältig sein. Ist Ihnen eventuell bekannt, ob Sie derlei Beschwerden schon im Kindesalter hatten?«

Margarete senkte den Kopf. Ihr leises »Nein« schien fast wie eine Entschuldigung.

»Gut, dann müssen wir andere Wege gehen. In dem Fall wäre auch das Restless-Legs-Syndrom vorstellbar. Ich denke zwar immer noch, es ist eine Überlastung in Verbindung mit einer symptomatischen

Reaktion Ihres Körpers, rate Ihnen aber dennoch dazu, das nicht auf die lange Bank zu schieben.

Darüber hinaus empfehle ich Ihnen, einen auf Allergien spezialisierten Dermatologen zu kontaktieren.

Zur Sicherheit machen wir trotzdem noch ein EEG, wenn Sie schon mal da sind. Die betreffenden Kollegen werden dies aller Wahrscheinlichkeit nach ohnehin anfordern. Meine Arzthelferin sendet Ihrem Hausarzt den Befund per Post zu. Er wird Ihnen auch, sofern Sie es wünschen, eine Überweisung für die dermatologische Untersuchung ausstellen. So ersparen wir Ihnen einen neuerlichen Besuch in unserer Praxis. Vorerst dürfen Sie sich wieder ankleiden.«

Der Neurologe ging diskret aus dem Behandlungszimmer und hinterließ bei seiner Mitarbeiterin ein paar halblaute Anweisungen. Als auch Margarete hinaustrat, hielt er bereits die nächste Patientenakte in den Händen. Lächelnd wünschte er ihr weiterhin gute Genesung und verabschiedete sich dann. Sie hatte es geschafft!

Das Gefühl von Erleichterung beflügelte Margaretes so sehr, dass sie auf der Heimfahrt auf der B 6 prompt in eine Radarfalle geriet.

»Mist, verdammter!«, schimpfte sie. Es nutzte allerdings wenig, denn das Blitzgerät des grauen Kastenwagens funktionierte perfekt. Was musste der sich auch ausgerechnet hinter eine Kurve stellen? Dort, noch dazu von einem Busch verdeckt, konnte man ihn schlecht beziehungsweise erst dann erkennen, wenn es zu spät war. Hoffentlich wurde Kirsten deswegen nicht allzu sauer.

Natürlich wusste sie, dass sie sich an die erlaubte Höchstgeschwindigkeit halten musste, aber wer achtet nach so guten Nachrichten schon auf den Tacho? Sang sie zu Beginn der Fahrt noch laut die Lieder mit, die im Radio gespielt wurden, blieb ihr jetzt das »Because I'm happy« von Pharell Williams nahezu im Halse stecken.

Auf der Hellmuth-Muntschick-Straße bemerkte Margarete einen jungen Mann, der mit seinem Auto vor der Pension stand und wartete, dass die Straße frei wurde. Ein sehr freundlicher und gutaussehender Mann, denn er winkte ihr lächelnd zu, als sie an ihm vorüberfuhr. Das Dresdener Kennzeichen verwunderte sie ein wenig. Warum sollte sich jemand aus Dresden in Bischofswerda einmieten? So weit war die Landeshauptstadt doch wirklich nicht entfernt.

Da Margaretes Magen bereits seit geraumer Zeit grummelte, gab es daheim der Schnelligkeit halber zwei Scheiben Knäckebrot mit Honig.

Niemand hatte von ihr verlangt, nüchtern zum Untersuchungstermin zu erscheinen. Es war die Aufregung davor, die sie am frühen Morgen lähmte und keinen einzigen Bissen zuließ. Nun aber machte der Hunger sein Recht geltend. Während sie aß, ließ sie das Gehörte noch einmal Revue passieren. Schlafwandeln kam demnach viel häufiger vor, als man gemeinhin annahm. Nur geschah dies eben meist in der Kindheit und ließ mit dem Älterwerden nach.

Seit dem bewussten Abend kontrollierte Margarete sich selbst jeden Tag. Sie stellte sich zu diesem Zweck sogar den Wecker auf 6.00 Uhr, obwohl sie eigentlich aufgrund der Krankschreibung ausschlafen könnte.

Allerdings standen ihre Schuhe in Reih und Glied. Auch ihr Cape hing an seinem Platz, war weder feucht noch verschmutzt oder zerknittert. Vielleicht blieb ihr Problem ja eine einmalige Sache, hervorgerufen durch … Tja, und das warf schon die nächste Frage auf. Herr Dr. Kreisig sprach davon, dass es viele Gründe geben konnte.

Noch immer kauend zwang sich Margarete schließlich, an etwas anderes zu denken. Es gab noch etwas zu erledigen, das sie bislang vor sich hergeschoben hatte. Ein Elektriker musste her, der das Licht auf dem Dachboden kontrollierte. Kurz entschlossen wählte sie die Nummer des Handwerkers Friedrich Haufe, der bereits vor ihrem Einzug sämtliche Leitungen im Haus gewartet hatte.

»Hier spricht Margarete Windrich«, sagte sie, als der Fachmann sich meldete. »Ich fürchte, ich muss Sie noch einmal zu mir bitten. Wie man mir berichtete, brennt mein Bodenlicht, ohne dass ich es eingeschaltet hätte.

Ja, es kam mehrfach vor, immer in der Nacht. Könnten Sie sich die Sache vielleicht zeitnah ansehen? Die Leitungen sind doch schon älter und ich möchte sichergehen, dass sich hier kein gravierendes Problem anbahnt.«

Gespannt lauschte sie den zustimmenden Worten, die aus ihrem Telefon drangen.

»Natürlich, Montag wäre möglich. Ich bin daheim. Herzlichen Dank, Ihnen auch ein schönes Wochenende.«

Kapitel 16

Logik

Dr. Holtke zog an diesem Freitagabend Bilanz, auf seine ureigene pragmatische Art. Auf dem Tisch vor ihm lagen die Akten von nunmehr sechs verstorbenen Männern. Der Frankfurter Kollege hatte ihm die fehlenden Dokumente des dortigen Toten zugesandt. Er wirkte bei seiner Obduktion ebenso überfragt wie alle anderen Pathologen, die Richard zu diesem Fall kontaktierte. Somit beließ er es bei einer gründlichen Bestandsaufnahme und schickte die Formulare nach Dresden.

Inzwischen arbeitete die Sonderkommission »Selbstentzündung BIW« auf Hochtouren. Sowohl im Innen- als auch im Außendienst, geleitet von Herbert Stark, sammelten die Polizisten Beweise, sicherten Spuren und befragten mögliche Zeugen. Was sie dabei zu Tage beförderten, war keineswegs erfreulich.

Jedoch konnte man immerhin eine gewisse Logik erkennen, wie Holtke feststellte. Abgesehen von den aufeinanderfolgenden Tagen, beginnend mit dem 9. und endend mit dem 15. Juni, geschahen alle Morde zwischen 22.00 und 24.00 Uhr. Außer Adrian Leisentrit war keiner der Toten verheiratet, und selbst dessen Ehe schien nicht von reiner Glückseligkeit gezeichnet zu sein, wie Stark berichtete. Auch hinterließ niemand Kinder.

Interessant war, dass in allen Fällen ein gewisser Hang zur Übertretung der Gesetze bestand. Ein rechtskräftig verurteilter Päderast, ein korrupter Finanzbeamter mit noch laufendem

Verfahren und nicht zuletzt ein selbst ernannter Geistheiler aus Ottendorf-Okrilla vervollständigten die illustre Runde.

Besonders Letzterem konnte man guten Gewissens kriminelle Energie unterstellen. Nicht nur, dass er schwerst an Krebs erkrankten Patienten die Heilung versprach, oh nein! Er besaß keinerlei medizinische Ausbildung, sondern lediglich einen Lehrabschluss als Mechatroniker. Dennoch führte er Blutentnahmen, Schröpfungen und Infusionen durch. Nicht einmal vor Kindern, deren verblendete Eltern sich mehr und mehr von ihm einlullen ließen, machte er Halt.

Holtke war durchaus ein Freund von alternativen Praktiken und schwor auf den Synergieeffekt, der durch eine gleichzeitige Behandlung von Schulmedizin und traditioneller Naturheilkunde eintreten konnte. Den verzweifelten Menschen aber fälschlicherweise Hoffnungen zu machen und ihnen mit billigstem Krempel viel Geld abzuknöpfen, hielt er für äußerst verwerflich.

Dass der Ottendorfer zusätzlich laut seiner Homepage noch sogenannte energetische Hausreinigungen mit Räucherstäbchen anbot und sich als Reiki-Meister verstand, entlockte Holtke nurmehr ein verächtliches Lächeln. Der Angebotspunkt »Reikibehandlung an Menschen, sowohl auch an Tieren und Pflanzen« regte ihn maßlos auf. Pflanzen! Ernsthaft? Pflanzen? Was gab es denn da zu reikisieren? Dünger, Wasser, ab und an das Umtopfen in frische Erde und, sofern nötig, ein Mittel zur Stärkung gegen Schädlinge – mehr brauchten Pflanzen seiner Meinung nach nicht.

Natürlich schickte er den Link zu seinen Kollegen, die sich zum Teil köstlich darüber amüsierten. Selbst der Chef grinste und meinte, dass der Aronstab in seinem Büro wahrscheinlich auch so eine Reikibehandlung bräuchte. Dessen Blätter hingen so traurig herab wie ein ausgeleierter Hosenboden. Ob es daran lag, dass die Blattpflanze generell chronisch vernachlässigt wurde oder daran, dass sie an einem Schattenplatz in der Ecke stand, konnte Holtke nicht beurteilen.

Er empfahl demnach nur mit ernster Miene, wieder im Büro zu rauchen, auf dass das Dienstzimmer gleich energetisch gereinigt werde. Hierfür wäre lediglich die Zigarettenpackung zu bezahlen, was im Vergleich zu den vom Heilpraktiker verlangten hundert Euro pro Sitzung doch günstiger sei. Der Gedanke, so befand er, entbehrte nicht eines gewissen Sparpotentials, weder finanziell noch zeitbezogen.

Schließlich entfielen dann die häufigen Gänge nach draußen, an denen sich selbst die Sekretärinnen beteiligten, obschon sie gar nicht rauchten. Daraufhin verschluckte sich der Dienststellenleiter vor Lachen an seinem Kaffee.

Wenngleich das Anliegen Holtkes dankend abgelehnt wurde, bekam der Aronstab zumindest an diesem Tag eine volle Gießkanne frischen Wassers. Und der Chef bekam, als er sich wieder etwas beruhigt hatte, eine Zusammenfassung der bisher bekannten Fakten aus der Pathologie.

Margarete erhielt ihrerseits eine Nachricht von Kirsten, die soeben von der Arbeit zurückkam. Sie brannte darauf, die Untersuchungsergebnisse aus der Neurologie zu erfahren. Da ihr Mann zu einem Klassentreffen unterwegs war, hätte Kirsten auch genügend Zeit und Lust auf einen Besuch, wie sie schrieb. Kurzerhand öffnete Margarete eine Flasche Weißwein und bat sie zu sich herüber.

»Ich muss dir noch was beichten. Ich hab eine Radarfalle übersehen und wurde geblitzt«, gestand sie gleich zu Beginn.

»So? Na dann geb ich dir den Strafzettel zum Bezahlen. Du darfst dafür auch das Bild behalten. Mach dir mal keinen Kopf, das ist mir auch schon passiert«, antwortete Kirsten amüsiert, als sie am Tisch Platz nahm.

»Ach du kannst sagen, was du willst, aber zusammen in der Küche zu sitzen, ist immer noch das Schönste am Feierabend.

Früher war das in meiner Familie gang und gäbe. Wenn die Eltern heimkamen, wurde Kakao gekocht, später dann Kaffee. Dazu gab es Kekse oder Zwieback. Ich habe das geliebt, weil man sich dann gegenseitig erzählen konnte, wie der Tag so war.

Heute, wenn Andreas und ich in gegensätzlichen Schichten arbeiten, sehen wir uns so gut wie gar nicht. Eigentlich schade, aber das bringt die Zeit nun mal so mit sich. Manchmal genieße ich sogar die Stille im Haus, wenn ich einen wirklich stressigen Tag im Geschäft hatte. Aber nun erzähl, ich will alles wissen, Herzchen.«

»Bei uns daheim gab es selten Kaffee«, erwiderte Margarete grinsend, als hätte Kirsten genau danach gefragt.

»Pfff!«

»Ist ja gut, ich sag es dir ja schon.«

Doch in diesem Moment fiel Kirstens Blick auf das Regal, und damit auch auf den zerbrochenen Stein. Ihre Augen wurden schlagartig sehr groß.

»Du weißt nicht, was das ist, richtig?« hauchte sie tonlos.

»Wovon sprichst du?«

»Ich spreche von dem zerbrochenen Aventurin, den du hier aufbewahrst. Du meine Güte! Wenn so ein Stein zerspringt, dann …« Kirsten unterbrach sich räuspernd.

»Dann was?«

»Dann hielt er eine Seele in sich gefangen, die nun frei ist und ihre letzte Ruhe gefunden hat!«, platzte es aus ihr heraus.

Fast schämte sie sich, der eher wissenschaftlich veranlagten Margarete einzugestehen, dass sie ein wenig esoterisch war und an Dinge wie zum Beispiel Seelenwanderung glaubte.

»Oh! Du meinst, der Stein ist so etwas wie ein Horkrux aus den Harry-Potter-Romanen?«, entgegnete Margarete, weil sie die Werke von Joanne K. Rowling kannte und mochte.

»Das ist ein bisschen weit hergeholt, würde ich sagen. Aber es ist ein ähnliches Prinzip. Also ja, das meine ich. Bitte lach mich nicht aus. Ich erkläre es dir.«

Margarete lehnte sich entspannt zurück, ohne auch nur einen Anflug von überlegener Skepsis zu zeigen. Es musste ihrer Freundin ohnehin sehr schwergefallen sein, dieses Thema überhaupt anzusprechen.

Kapitel 17

Antiquitäten

Der 25. Juni begann für Margarete mit einem herrlichen Sonnenaufgang, den sie in ihrem Garten genoss. Hätte sie auch nur im Entferntesten geahnt, was noch vor dem Mittag geschehen würde, so wäre der frühe Morgen wohl gänzlich anders verlaufen.

Der Abend mit Kirsten ging ihr nicht mehr aus dem Kopf. Sie sah sich prinzipiell weit davon entfernt, dem Ganzen eine realistische Chance einzuräumen. Dennoch schien die Sache mit dem Aventurin durchaus möglich zu sein. Jedenfalls konnte sie Kirsten nicht das Gegenteil beweisen, weshalb sie auch keine Debatte darüber anstrebte.

Grundsätzlich handelte es sich wohl um einen besonderen Glimmerquarz, welcher vorrangig zur Herstellung von Schmuck verwendet wurde. Dies war auch Margaretes erster Gedanke, als sie den Stein im Wald fand. Dagegen sprach die Größe, die maximal als auffälliger Anhänger für eine Kette geeignet wäre.

In einschlägigen Esoterikerkreisen galt der Aventurin als Heilstein, dessen stärkende Eigenschaften sich positiv auf die Haut und das geistige Wohlbefinden auswirkten. Wie das genau vonstattengehen sollte, konnte Kirsten allerdings nicht sagen. Sie meinte nur, dass es manchen Menschen schon genügte, den Stein immer nah am Körper bei sich zu tragen.

Jedoch hatte sie von einer Bekannten gehört, dass Aventurine auch ruhelose Seelen enthalten konnten. Da Margaretes Stein geborsten war, schloss sie daraus, dass eine solche Seele darin wohnte, bis er zerbrach.

Kirsten versprach, jene Bekannte bei nächster Gelegenheit danach zu fragen und sofort Bescheid zu geben.

»Wer weiß, vielleicht gab es noch eine unerledigte Aufgabe. Ich bin mir da auch nicht sicher«, sagte sie bei ihrem letzten Schluck Wein.

Wenngleich Margarete nicht von dieser Anschauung überzeugt war und während Kirstens Erklärungen ab und zu schmunzeln musste, blieb es doch ein gruseliger Gedanke.

»Jetzt ist aber Schluss!«, rief sie sich selbst zur Ordnung. Gerade zur rechten Zeit, denn im gleichen Moment fuhr der Transporter von Herrn Haufe in ihre Einfahrt. Margarete stellte ihre Kaffeetasse beiseite und lief ihm entgegen, um ihn zu begrüßen. Es war bei Weitem keine Selbstverständlichkeit, dass er ihrem Wunsch so kurzfristig nachkam, und das wusste sie auch.

Elektrikermeister Haufe betrat also das Haus und kurz danach die hölzerne Stiege, die zum Spitzboden führte. Oben angekommen, betätigte er sogleich mehrfach den betagten Lichtschalter. Die Glühbirne ging wie erwartet an und wieder aus, wonach er bekräftigte, dass es wohl nicht daran läge.

»Kommen Sie bitte auch hoch?«, rief er fragend durch die Luke.

Margarete stand unten und kaute auf ihren Lippen. Es kostete sie unendlich viel Kraft, einen Fuß auf die erste Stufe zu setzen. Noch mehr Kraft benötigte sie, diese Stufe zu erklimmen und sich auf die Zweite zu wagen. Kalter Schweiß trat auf ihre Stirn, als sie den Handlauf ergriff und sich mit einem Ruck nach oben zog.

»Phobiker, wa?« Herr Haufe kannte so ein Verhalten. In seinen vierzig Jahren Berufserfahrung hatte er schon so manchen Menschen getroffen, der aus für ihn unverständlichen Gründen Angst davor hatte, enge und dunkle Räume zu betreten.

»Na nun kommen Sie mal. Ihnen passiert hier nichts, ich bin ja bei Ihnen«, versprach er und reckte Margarete hilfreich den Arm entgegen. Sie atmete ein letztes Mal tief durch und ergriff Haufes Hand. Bald darauf stand sie neben ihm auf den alten Dielen, wenn auch zitternd und nach Luft ringend.

»Sehn´se, war doch gar nicht so schwer. Und jetzt mess ich mal die Leitungen durch. Vielleicht finde ich ja irgendwo den Fehler. Sie bleiben bitte währenddessen hier an der Luke stehen. Falls Ihnen schlecht wird, gehen Sie einfach wieder runter, in Ordnung?«

Sein aufmunternder Blick und seine netten Worte veranlassten Margarete, genau das zu tun. Als Herr Haufe sich jedoch zum ersten Messpunkt nahe dem Dachfenster zuwandte, geriet er ins Stocken.

»Also wenn ich es nicht besser wüsste, würde ich sagen, das ist Ihr Lieblingsplatz. Überall sonst liegt eine dicke Staubschicht, nur hier nicht. Die Truhe ist ganz sauber, und der Schaukelstuhl daneben auch«, sagte er mit verwunderter Stimme.

»Wissen Sie eigentlich, was Sie da für einen Schatz haben? Solche Holztruhen sieht man heutzutage nur noch im Museum oder in herrschaftlichen Schlössern. Ich kenne mich damit ein wenig aus. Mein Sohn und ich sammeln nämlich alte Möbel und restaurieren sie in der Freizeit.

Allein die Eisenbänder lassen darauf schließen, dass Ihre Truhe mindestens dreihundert, eher noch vierhundert Jahre alt ist. Das hat man im Mittelalter so hergestellt, damit das Holz nicht reißt. Man nannte diese Art Stollentruhe. Die bekannteren Koffertruhen kamen erst viel später in Mode, aber auch diese findet man kaum noch in gutem Zustand.

Ich kann Ihnen gar nicht sagen, was es mir bedeutet, ein so hervorragend erhaltenes Modell zu sehen. Sollten Sie jemals daran denken, es zu verkaufen, dann wenden Sie sich bitte an mich. Ich rate Ihnen auch, ein unabhängiges Gutachten von einem Sachverständigen anfertigen zu lassen, damit Sie nicht von frechen Betrügern übervorteilt werden. Der Schaukelstuhl dürfte nach meiner Ansicht auch aus der Zeit um 1600 stammen«, fuhr der

Elektriker fort. Staunend und ehrfürchtig strich er mit den Fingerspitzen über das alte Holz und die schweren Schließen.

»Eine wundervolle Arbeit, wirklich!«, bekräftigte er nochmals seine Einschätzung.

»Ich kann Ihnen jedenfalls versichern, dass ich nur ein einziges Mal in Begleitung des Zimmermanns hier oben war. Und selbst da stand ich ehrlich gesagt nur auf der halben Treppe und habe kurz durch die Luke geschaut. Seither habe ich den Spitzboden nicht betreten«, entgegnete Margarete.

»Wenn Sie sich aber so für die Möbel interessieren, mache ich Ihnen ein Angebot. Ich lasse die Truhe und den Schaukelstuhl schätzen und melde mich dann bei Ihnen.

Für den Moment wäre es mir allerdings wichtiger, dass die elektrischen Leitungen überprüft werden. Irgendeinen Grund muss es ja haben, dass das Licht dauernd brennt.«

Herr Haufe nickte begeistert und widmete sich wieder seinem Auftrag. Nach mehreren Messungen mit dem Multimeter kam er zu dem Schluss, dass die stromführenden Kabel zwar veraltet, aber nicht defekt waren. Demnach sah er keinen zwingenden Grund, diese umgehend zu erneuern.

Auch die Lampenfassung aus Keramik wies weder Risse noch andere Schäden auf. Höchstens den altertümlichen Schalter aus den 60er Jahren bot er an, beim nächsten Besuch durch ein neueres Modell zu ersetzen.

Aufatmend und beruhigt schloss Margarete die Luke und begleitete den Handwerker zum Sicherungskasten, wo er eine letzte Überprüfung vornahm. Anschließend verabschiedete sich Herr Haufe mit dem Satz, dass sein Sohn und er gern dabei behilflich wären, die schwere Truhe ins Erdgeschoss zu befördern.

Nach all der Aufregung setzte sich Margarete erst einmal auf den nächstbesten Stuhl. Ihr schwirrte der Kopf, was zum Teil auch an der ungeheuren Überwindung lag, die sie soeben gemeistert hatte. Ihre angestrengten Bemühungen, eine handfeste Panikattacke zu unterdrücken, sorgten jetzt dafür, dass sie am ganzen

Körper zitterte und einen Moment brauchte, um sich wieder zu beruhigen.

Dabei fiel ihr wieder ein, was der Elektriker zum Zustand des Mobiliars sagte. Nicht ein einziges Staubkorn lag darauf, im Gegensatz zu den Pappkartons und den zwei Kommoden, die den hinteren Teil des Dachbodens zierten. Plötzlich überfuhr Margarete ein erschreckender Gedanke. Was, wenn sie es selbst war, die sich nachts auf dem Boden aufhielt? Hatte Herr Dr. Kreisig ihr nicht bestätigt, dass diese Möglichkeit bestand?

Sie musste es nachprüfen, es ging nicht anders. Mit dem Mut der Verzweiflung betrat sie erneut die Stiege, erklomm Stufe um Stufe, bis sie schließlich die Dachluke öffnen konnte. Margarete schob die Holzplatte nach oben, schaltete das Deckenlicht an und biss sich auf die Lippen.

»Sei kein Frosch«, flüsterte sie zu sich selbst. Auf einmal fiel es ihr leichter, die alten Dielen zu betreten. Zielsicher bewegte sie sich zum Fenster und beugte sich suchend hinab. Und da lagen sie auch schon – die Fichtennadeln!

Kapitel 18

Ideen

Stark saß am Dienstag pfeiferauchend im feinen Fumoir der Pension und ließ sich gerade von Herrn Greth, dem freundlichen Wirt, einen starken Feierabendkaffee kochen, als Leon Wankowski sich zu ihm gesellte. Er trug einen Stapel Papiere unter dem Arm, die er zusammen mit seinem Mentor sichten wollte. Diese beinhalteten die Ergebnisse der Befragungen in Bischofswerda-Süd.

Leider waren darin keine Aussagen zu finden, die ernstzunehmende Hinweise auf einen möglichen Täter enthielten. So, wie die Menschen im Stadtviertel über Matthias Ritter sprachen, hatten wohl alle Anwohner, besonders aber die der Belmsdorfer Straße, einen guten Grund, den Mann zu verachten. Einer der Nachbarn verstieg sich sogar in den Satz »Dem wünsche ich die Pest an den Hals!« und erklärte kurz darauf auch gleich, warum. Er war einer der Schrebergärtner, deren Lauben von Ritter und seinen Freunden in Brand gesteckt wurden.

»Jahrelang hat man Liebe, Zeit und viel Geld hineingesteckt, weil man einen schönen Platz für die Familie haben möchte. Und dann kommt so ein Arschloch und demoliert einem alles! Wissen Sie eigentlich, wie sich das anfühlt? Ich habe meinen Garten seit über dreißig Jahren. Er war immer eine der schönsten und gepflegtesten Parzellen in der Anlage.

Kurz bevor der Ritter auftauchte, wurde der Bungalow gründlich renoviert. Mein Schwiegersohn baute mir sogar eine Dusche und eine neue Toilette hinein. Das ersetzt mir kein Mensch. Die Versicherung übernahm zwar einen Teil des finanziellen Schadens, aber niemand kann mich für den Schock entschädigen. Ich hab den Garten dann abgegeben. Es ging einfach nicht mehr.«

Der Herr war den Tränen nah, als er dies den Kollegen erzählte. Solche und ähnliche Gründe brachten die meisten Befragten hervor. Nicht immer ging es um Sachbeschädigung und Vandalismus, wohl aber um nächtliche Ruhestörung, wüste Beleidigungen und tätliche Bedrohungen auf offener Straße. Zusammen mit den vielen Anzeigen, die gegen Ritter vorlagen, ergab dies ein gutes Bild von dem, was sein Leben ausmachte.

Aber einen wirklichen Feind schien er nicht zu haben, zumindest keinen, der seinen Tod plante. Die ebenso einschlägig polizeibekannten Freunde, die er mit nach Hause brachte, wurden bereits zur Befragung vorgeladen.

»Hm, das ist wohl eine Sackgasse, zumindest aus jetziger Sicht. Ich bin im Supermarkt auch nicht weitergekommen. Der zuständige Leiter sagte mir, dass das Arbeitsverhältnis nach mehreren Verfehlungen fristlos beendet wurde. Die permanente Unzuverlässigkeit und das freche Verhalten Ritters gegenüber der Kundschaft seien so nicht länger tragbar gewesen.«

»Ich hätte noch eine Idee«, erwiderte Wankowski.

»Raus damit!«

»Vielleicht müssen wir den oder die Täter woanders suchen. Also nicht hier direkt vor Ort, sondern zum Beispiel im Internet. Drogendeals werden doch oft online abgeschlossen. Könnte ja sein, dass er jemandem Geld oder die Ware schuldig blieb.«

Stark griff zum Telefon und bat darum, einen netzkundigen Ermittler auf die Suche zu schicken, sofern das noch nicht geschehen war. Schließlich hatte man den Rechner und das Telefon aus Ritters Wohnung beschlagnahmt. Darin musste doch etwas zu finden sein.

»Weil wir gerade dabei sind, Leon, ich hätte eine Bitte. Ich müsste dringend etwas recherchieren und mein Handy streikt immer wieder, obwohl der WLAN-Empfang hier recht gut ist. Überlässt du mir für einen Abend den Laptop?«, bat er.

»Wenn das bedeutet, dass ich heute Abend nicht daheim arbeiten muss, sehr gern. Er gehört dir.«

Mit diesen Worten und sichtlich grinsend schob Wankowski die Tasche mit dem Laptop an Starks Sessel. Ohnehin schien dieser heute nicht geneigt, den Feierabend länger hinauszuzögern.

Nachdem sein Kollege sich verabschiedet und die Pension verlassen hatte, gab sich Stark einen Ruck. Er musste endlich Gewissheit bekommen, was Erikas Tochter betraf. Der Entsperrungscode war, wie Leon ihm mitteilte, eine Abfolge aus den Anfangsbuchstaben der Worte eines bestimmten Satzes.

Zuerst nutzte er die allgemeine Suche nach dem Namen Erika Albrecht. Er fand neben der Traueranzeige nach ihrem Tod auch ihren letzten Wohnort heraus, Niesky im Landkreis Görlitz. Also war sie wohl nach ihrem Ausflug in den Westen zurück nach Sachsen gezogen, vielleicht wegen ihrer Eltern. Für das, was ihn wirklich interessierte, musste er allerdings an anderer Stelle nachforschen.

Also kontaktierte er die zuständige Einwohnermeldestelle auf dem Dienstweg. An diesem Tag hatte das Amt bis 18.00 Uhr geöffnet. Bereitwillig gab die freundliche Dame am Telefon Auskunft und versprach, ihm die angeforderten Daten noch heute per E-Mail zuzusenden. Nun hieß es, auf die erlösende Nachricht zu warten.

»Darf es noch etwas sein, Herr Stark?«

Der Kommissar schrak auf, als der Pensionswirt seinen Kopf durch die Glastür steckte und ihn ansprach.

»Nein nein, danke, ich hab noch Kaffee. Vielleicht später«, meinte er lächelnd. Zu dem Zeitpunkt ahnte Stark nicht, dass er sehr wohl gleich einen kräftigen Schluck gebrauchen könnte. Seine Gedanken hingen wehmütig vergangenen Tagen nach. Noch immer schmerzte es ihn zutiefst, dass Erika ihn und seine Liebe verraten hatte.

Am Wochenende sprach er mit Richard darüber. In aller Ehrlichkeit erzählte er von seiner Verlobten und von ihrer Tochter. Auch sagte er, dass Erika inzwischen verstorben war.

»Hast du gesagt, dass du sie kennst?«, fragte Richard ihn direkt.

»Natürlich nicht! Als ich das Bild gesehen habe, war ich erst mal schockiert, das kannst du dir ja denken. Wie soll ich das denn machen? Ich kann doch nicht einfach hingehen und ihr mitteilen, dass ich mal mit ihrer Mutter liiert war!«

»Wieso denn nicht?«

Ja, wieso nicht? Diese Frage waberte seither durch seinen Kopf und ließ ihn nicht los. Erst recht nicht, nachdem Richard noch erwähnte, dem Alter nach könnte die junge Beamtin durchaus auch Starks Tochter sein.

»Und wenn das so ist, dann musst du mit ihr sprechen, Herbert! Erkläre ihr die Umstände, sag ihr die Wahrheit. Sie hat ein Recht darauf, zu erfahren, wer du bist.«

Stark war jetzt 48 Jahre alt. Und vermutlich krebskrank, wie er sich immer wieder eingestehen musste. Im August sollte seine Behandlung beginnen. Wer konnte schon mit Sicherheit sagen, dass er danach geheilt war? Plötzlich wurde ihm die Endlichkeit des Lebens bewusst. Richard hatte recht.

Es wäre schön, zu wissen, dass er dieser Welt etwas mehr hinterließ als ein paar Bücher in einer möblierten Einliegerwohnung. Noch schöner wäre es, jemanden an seiner Seite zu haben, sollte es zum Schlimmsten kommen. Aber wollte Margitta das? Wollte sie überhaupt erfahren, dass er unter Umständen ihr Vater war? Darauf wusste auch sein bester Freund keine Antwort.

In diesem Moment blinkte der Posteingang auf dem Bildschirm auf. Die Beamtin der Einwohnermeldestelle hatte geantwortet. Wie vermutet, lebte Erika bis zum Jahr 2000 in Kassel und zog dann mit ihrer Tochter nach Niesky. Außerdem enthielt die E-Mail einen Anhang mit einer Kopie der Geburtsurkunde von Margitta. Darauf stand ein Datum, das Stark das Blut ins Gesicht trieb.

Es war der 14. April 1990, etwas mehr als sechs Monate nach Erikas Flucht! Sie musste also im dritten Monat schwanger gewesen sein. Mit seinem Kind!

Ächzend sackte Stark in seinem Sessel zusammen.

»Erika«, stöhnte er leise. »Warum hast du mir nichts davon gesagt?«

Gut, dass ihn niemand hörte oder sah. Die bitteren Tränen, die über sein Gesicht liefen, bemerkte er kaum. Nur dieses furchtbare Rumoren in seinem Herzen quälte ihn, während die Welt um ihn herum zu einer diffusen grauen Suppe verschwamm.

Kapitel 19

Tücher

Das will ich sehen!«, sprach Kirsten, als Margarete ihr an diesem Abend alles erzählte. Und so eilte sie selbst hinauf auf den Dachboden, gefolgt von ihrer Freundin, und begutachtete den Boden rings um die Truhe eingehend.

»Da unten in den Dielenspalten, guck genau hin! Siehst du die Fichtennadeln?«

»Ja, und es sind ganz schön viele, mein lieber Schwan! Aber die Möbel sind wirklich schön, da hat dein Elektriker recht«, sagte sie anerkennend.

»Was willst du damit machen? Wenn der Mann sie kaufen möchte und du sie nicht selber brauchst, könntest du sie ihm ja geben. Die Dinger sind bestimmt nicht billig.«

»Sind sie tatsächlich nicht, wie Herr Haufe meinte. Er riet mir zu einem Gutachten. Viel wichtiger ist mir aber gerade die Tatsache, dass ich offensichtlich doch schlafwandle«, entgegnete Margarete schniefend.

»Sei doch lieber froh, dass du keine Meise hast, Herzchen!«

Kirsten kicherte frech und umging damit geschickt den heiklen Moment. Nichts wollte sie weniger, als dass Margarete sich mit Vorwürfen oder gar Schamgefühlen quälte. Also lenkte sie das Thema erneut auf die alte Holztruhe.

»Jetzt pass mal auf! So groß ist das Ding nicht. Meinst du nicht, dass wir das auch ohne männliche Unterstützung hinkriegen? Los schon, fass mit an! Wir tragen das Teil jetzt runter ins Erdgeschoss. Ich will wissen, was da drin ist.«

Schon griff Kirsten nach dem Eisenring an der Seite und schaute ihre Freundin unternehmungslustig an.

»Bereit?«, fragte sie. »Ich schieb sie schon mal an die Luke.«

Tatsächlich schafften die beiden Frauen es, die Truhe anzuheben und über die steile Bodentreppe nach unten zu bugsieren. Da stand sie nun, etwa achtzig Zentimeter breit und sechzig Zentimeter hoch. Bei Tageslicht sah man die wundervollen Schnitzereien auf dem Deckel und an den Seiten. Das Holz hatte sich über die Jahre dunkelbraun gefärbt, auch wies es einige Risse auf. Dennoch war die Truhe ein Prachtstück, wie Margarete zugeben musste.

»Stellt sich nur die Frage, ob sie sich überhaupt öffnen lässt. Bestimmt sind die Scharniere verrostet und … Kirsten! Nicht! Was tust du denn?«

Erschrocken wich sie einen Schritt zurück. Während sie sprach, hatte Kirsten einfach den Deckel ergriffen und daran gezogen. Die Eisenbänder ächzten bedrohlich, aber sie gaben nach.

»Guck dir das an! Herrje, Margarete, hier drin liegt weißer Leinenstoff! Und was ist das da?«

Kirsten zeigte auf ein merkwürdiges Gebilde, das zusammen mit den Resten von bunten Wollfäden und einer Nadel an der Seite klemmte. »Sieht aus wie ein alter Stickrahmen, oder? Du hast mir nie erzählt, dass du gern stickst.«

»Tu ich ja auch nicht. Ich mochte Handarbeiten noch nie. Meine Großmutter wollte mir immer Stricken und Häkeln beibringen. Sie hat es dann irgendwann aufgegeben und mich mit Opa in den Garten gehen lassen.«

So ängstlich sie einerseits war, so abenteuerlich fühlte es sich auch an, wie eine Schatzsuche in ihrem eigenen Haus. Plötzlich begann es in Margaretes Fingerspitzen zu kribbeln. Fast glaubte sie, wieder den längst vergangenen Schmerz in den Papillaren zu fühlen. Dieses Mal durchflutete aber ein herrliches Gefühl von

Wärme und Beruhigung ihren Körper. So empfand ein Mensch, der etwas trotz aller Widerstände zu Ende gebracht hatte.

»Mich würde es schon interessieren, ob da nicht noch mehr versteckt ist. Was meinst du, Herzchen? Können wir den Stoff aus der Truhe nehmen?«, bat Kirsten.

Sie hielt es vor Neugier kaum mehr aus. Ihr dauerte das alles viel zu lange, was sie auch unumwunden eingestand. Lächelnd beugte sich Margarete über die Truhe und griff nach dem ersten Ballen. Was sollte schon passieren? Das Leinen wirkte im Gegensatz zu seinem antiken Behältnis recht neu. So reinweiß gebleichten Stoff stellte man im Mittelalter sicher nicht her. Brüchig war er auch nicht, wie es bei sehr alten Webwaren häufig vorkam.

Nachdem sie zuerst den Stickrahmen auf den Küchentisch gelegt hatte, beförderte sie nun insgesamt sechs Stoffballen zu Tage. Jeder Einzelne war sorgsam gebügelt und zusammengefaltet worden.

»Akkurat wie immer!«

Schon oft wurde Margarete deswegen von Kirsten aufgezogen. Sie fand es rundweg bewundernswert, wenn jemand seine Wäschestücke mit so viel Liebe und Ordnungssinn behandelte. In ihrem eigenen Schrank, den sie mitunter als »Sammelsurium aus Kraut und Rüben« bezeichnete, musste sie meist erst umständlich suchen, was sie gerade benötigte.

Allerdings lag außer den Ballen nichts mehr in der Truhe. Der nackte Boden wies auch keinerlei versteckte Geheimfächer auf, sodass Kirsten etwas enttäuscht das Gesicht verzog.

»Kein Gold, keine Edelsteine, kein gar nichts? Das ist ja eine blöde Schatztruhe!«, schimpfte sie missmutig vor sich hin.

Doch gleich darauf hatte sie schon eine neue Idee. Sie nahm den obersten Ballen vom Stapel, entfaltete ihn vor dem Körper und ließ ihn gleich darauf entsetzt zu Boden fallen.

»Oh gütiger Herr im Himmel!«, hauchte sie mit erstickter Stimme.

»Herzchen, ich weiß nicht, was ich dir raten soll. Das ist sogar für meine Begriffe ein bisschen zu viel des Guten! Am liebsten würde ich Andreas rufen, aber der ist auf Arbeit. Scheiße, was machen wir denn jetzt?«

Margaretes saß indessen auf einem Stuhl, die Augen voller Tränen, und hatte Mühe, nicht ohnmächtig zu werden. Sie hörte zwar Kirstens entsetzte Stimme, konnte sie aber nicht einordnen noch begreifen, was genau sie sagte. Ihre Gesichtsfarbe glich verdächtig dem strahlenden Weiß der Leinentücher, die auf den Fliesen ausgebreitet lagen. Sie gab auch keine Antwort, sondern rang stattdessen mühsam nach Luft. Als Kirsten das bemerkte, nahm sie ein Glas von der Anrichte, füllte es mit frischem Wasser und reichte es ihrer Freundin.

»Trink!«, meinte sie mitleidig. »Und dann überlegen wir uns, was wir tun.«

Was tun, ja, das war die richtige Frage. Was tat man mit sechs offensichtlichen Leichentüchern? Was tat man mit dem Wissen, dass diese Leichentücher mit Kreuzen, römischen Ziffern und Namen bestickt waren? Nicht irgendwelche Namen, sondern exakt die Namen der Männer, die kürzlich ermordet wurden! Sechs Männer, die inzwischen jeder Mensch in Deutschland aus den Nachrichten sämtlicher Fernsehkanäle und Zeitungen kannte!

Matthias Ritter
André Kleinhans
Holger Hinrich
Torsten Hauptmann
Christian Augenthaler
Adrian Leisentrit

Und was tat man, wenn man befürchten musste, womöglich selbst die Mörderin zu sein, wenn auch unabsichtlich und aufgrund von spontan auftretendem Somnambulismus?

Kapitel 20

Ehrlichkeit

Nach einer sehr langen Nacht voller Grübeleien und Selbstzweifel hatte sich Herbert Stark am Morgen des 27. Juni wieder im Griff.

Stundenlang lag er vorher in seinem Bett, starrte in die Dunkelheit und versuchte, das Geschehene zu verarbeiten. Im ersten Impuls glaubte er sogar, Erika habe ihn mit einem anderen Mann betrogen. Das wäre zumindest ein Grund für ihre übereilte Flucht in die BRD. Doch dann rief er sich ins Gedächtnis, wer als Vater in der Geburtsurkunde von Margitta angeführt wurde.

Karsten Richter, Kalle genannt, war ihrer beider Freund aus der Schulzeit. Dass er den Wunsch nach persönlicher Freiheit hegte, konnte Stark gut verstehen. Seit dem Teenageralter wurde er ausgegrenzt und bisweilen auch verbal oder tätlich angegriffen, weil er sich offen zu seiner Homosexualität bekannte. Im Westen, möglichst in einer Großstadt, hoffte Kalle wohl auf mehr Toleranz. Dass dem nicht so war, sondern im Gegenteil »drüben« noch konservativere Strukturen herrschten, konnte ein junger Mensch aus der DDR ja nicht wissen.

Sei es, wie es wolle – Kalle kam als leiblicher Vater für Margitta nicht infrage. Abgesehen von ein paar lockeren Umarmungen würde er sie niemals anrühren. Und doch stand sein Name da, in tiefschwarzen und gestochen scharfen Lettern. Vielleicht hatte er sich aus Freundschaft dazu entschlossen, damit Erika keine Schwierigkeiten mit dem dortigen Jugendamt bekam.

Außerdem verbrachten Stark und sie vor der Fahrt nach Prag jede freie Sekunde miteinander. Wann und wo sollte sie einen anderen Mann kennengelernt haben? Für ein heimliches Verhältnis war Erika viel zu ehrlich. Er traute es ihr einfach nicht zu, so abgebrüht zu lügen und ihm vorzuheucheln, sie wolle ihn heiraten, während sie sich längst einem Nebenbuhler hingab.

Blieb also nur noch die Frage, warum sie ihre Schwangerschaft verheimlichte. Doch darauf gab es keine Antwort. Seine ehemalige Verlobte war nicht mehr am Leben. Ob Margitta mehr darüber wusste? Sie sah so traurig aus, als sie sagte, man könne von einem Menschen auch nach zwanzig Jahren bitter enttäuscht werden. Meinte sie am Ende damit ihre eigene Mutter?

Auch darüber dachte er noch nach, als Wankowski sich in den Frühstücksraum der Pension schlich.

»Guten Morgen! Kurz Zeit, Chef? Oder soll ich draußen warten?«, fragte er leise.

»Nein, nein, setz dich ruhig und nimm dir eine Tasse Kaffee. Ich bin gleich fertig mit dem Frühstück«, entgegnete Stark.

»Ich habe gestern noch eine Nachricht aus Bautzen bekommen. Darin steht, dass ein Herr Ullrich eine abenteuerliche Aussage zu den Morden gemacht hat. Ziemlich verworrene Geschichte, fürchte ich, und ich hab die E-Mail auch noch nicht geöffnet. Willst du es dir selbst ansehen oder soll ich vorlesen?«

»Lies, ich hör dir zu!«

Mit diesen Worten schob Stark mit der freien Hand den Laptop zu Wankowski hinüber. Den Rest von seinem Butterbrötchen kauend, vernahm er im Anschluss die mysteriöse Legende von Grete Böttcher und ihrer Verbrennung. Fasziniert lauschte er den Worten seines Mitarbeiters. Dass so etwas im Mittelalter durchaus öfter vorkam, wusste er. Verwunderlich daran war nur, dass diese Story in irgendeiner Art mit dem jetzigen Geschehen zusammenhängen sollte. Abgesehen von der merkwürdigen Namensgleichheit und dem Fluch konnte Stark im ersten Moment keinen hinreichenden Bezug zu den Morden feststellen.

Als er Wankowski danach fragte, entgegnete dieser: »Genau das fiel mir auch auf. Wäre es nur ein Name, würde ich es für einen reinen Zufallstreffer halten. Wir sprechen aber von gleich drei Übereinstimmungen, nämlich Hinrich, Leisentrit und Kleinhans. Wie die anderen beteiligten Männer hießen, weiß ich leider nicht. Das lässt sich aber bestimmt noch herausfinden.

In Hinrichs Fall passt es sogar im beruflichen Sinne. Hinrich, der städtische Schultheiß und Hinrich, der korrupte Finanzbeamte – was sagt man dazu? Bei denen lag das Eintreiben der Steuern wohl im Blut, und vermutlich auch die Veruntreuung von öffentlichen Geldern. Wegen Letzterem wurde zumindest gegen Holger Hinrich, dem Toten aus Großharthau, kürzlich ein internes, dienstliches Verfahren eingeleitet.

Da wäre noch etwas. Der Kollege, der die Aussage aufgenommen hat, hält das alles für ausgemachten Schwachsinn. Er meinte, der alte Herr wollte sich nur wichtigmachen.«

»Und wofür hältst du es, Leon?«

»Für einen ganz neuen und interessanten Ansatz! Allerdings einen, der uns wieder bei Null anfangen lässt. Andererseits sind wir bis jetzt auch nicht viel weiter. Weder die Zeugen noch die Menschen aus dem privaten Umfeld der Opfer konnten uns den entscheidenden Hinweis geben.«

Wankowski kratzte sich verlegen am Kopf, ehe er fortfuhr.

»Es wurden zwar noch nicht alle Leute vernommen, aber zumindest die aus dem engsten Kreis. Sowohl bei Leisentrit als auch bei Ritter gab es dutzende Menschen, die sich negativ über die beiden geäußert haben. Die Gründe hierfür sind vielfältig, von persönlicher Abneigung bis hin zu direkter beziehungsweise indirekter Schädigung durch die Opfer. Allerdings hat keiner der Befragten so einen Hass gezeigt, der einen Mord auslösen könnte.

Außerdem tappen wir immer noch im Dunkeln, was die Beziehung der Toten untereinander betrifft. Es muss ja irgendwo einen gemeinsamen Nenner geben, den wir bis jetzt noch nicht entdeckt haben. Die Aussage von Herrn Ullrich ist diesbezüglich das erste Vernünftige, was ich lese.«

»Weil?«, fragte Stark, plötzlich hellwach.

»Weil das die Lösung sein könnte. Gehen wir doch mal davon aus, dass es sich wirklich um *einen* Täter oder *eine* Täterin handelt. In dem Fall könnte es doch sein, dass die Vermutung des Zeugen stimmt. Er war überzeugt davon, dass sich jemand als Erben der verbrannten Hexe versteht und nun gezielt nach den Nachfahren der Männer gesucht hat, die sie seinerzeit umgebracht haben.«

»Wie viele Menschen kommen dafür infrage?«

»Tausende, fürchte ich. Herr Ullrich war viele Jahre als Geschichtslehrer tätig. Er hat diese Legende immer im Unterricht erzählt, wenn es um Inquisition und Hexenjagd im Mittelalter ging. Also ja, jeder Abiturient aus Bischofswerda dürfte Grete Böttchers Schicksal kennen.«

»Heilige Scheiße!«

»Nicht ganz, Herbert, nicht ganz! Wir haben noch eine Chance, wenn auch eine sehr geringe. Wir müssen uns mit dem Lehrer noch einmal unterhalten. Vielleicht weiß er, ob einer seiner ehemaligen Schüler besonderes Interesse an dieser Sache gezeigt hat. Darüber hinaus könnte ich mich auf die Suche nach archivierten Einträgen im Kirchenbuch machen. Es gibt hier eine Pfarrei St. Maria Magdalena, meines Wissens nach römisch-katholisch, und dort wollte ich auch anfangen.«

»Letzte Frage: Seit wann hat Herr Ullrich gelehrt?«

»Seit 1972, und er ging im Jahr 2006 in den Ruhestand.«

Unversehens musste Wankowski lachen.

»Nun zieh nicht so ein Gesicht, Chef. Sind doch nur vierunddreißig Jahre!«

Als er den unterdrückten Seufzer seines Mentors vernahm, fügte er noch lakonisch hinzu: »Davon fast alle vierzügig!«

Nichtsdestotrotz traten sämtliche anderen Gedanken Starks schlagartig in den Hintergrund. Die Trauer um seine ehemalige

Verlobte, die ihm eine gemeinsame Tochter hinterließ, und die Sorge, dass ihn eben jene Tochter nicht mögen könnte, verblassten neben der unerwarteten Neuigkeit. Kommissar Kanone Sechseck war wieder zurück in seinem Element, und das mit all dem Enthusiasmus, der ihn als Ermittler im Kriminaldezernat unentbehrlich machte.

Mit dem untrüglichen Spürsinn eines erfahrenen Alphawolfes erfasste er sofort die Möglichkeiten, die sich ihm und seinem Team mit Herrn Ullrichs überraschender Aussage boten. Nach einem kurzen Anruf in Dresden hatte er, was er brauchte. Er liebte diese Arbeit so sehr!

Fast fröhlich verließ er zusammen mit Wankowski die Pension und lenkte seinen Dienstwagen aus der Remise. In diesem Moment fühlte er nur die altbekannte Begeisterung, die ihn immer dann erfasste, wenn er die sprichwörtliche Nadel im Heuhaufen gefunden hatte. Sein erster Weg führte ihn in die Heinrich-Zille-Straße. Dort stand das Haus von Alfred und Christel Ullrich.

Kapitel 21

Erklärungen

Margarete fühlte sich noch immer wie betäubt, als sie erwachte. Ihr Kopfkissen war feucht, sowohl von nächtlichen Tränen als auch den Schweißausbrüchen, die sie ständig aus dem Schlaf holten. Das konnte … Nein, das *durfte* nicht wahr sein!

»Ich lasse dich damit nicht alleine. Morgen rede ich mit Andreas. Uns wird sicher etwas einfallen. Wir schaffen das schon«, hatte Kirsten gesagt, als sie sich spätabends verabschiedete.

Natürlich musste sie zur Polizei gehen. So verrückt das Ganze auch klingen mochte, so plausibel kam es Margarete dennoch vor. Ihre Freundin gab zwar zu bedenken, dass es so gut wie unmöglich sei, innerhalb einer einzigen Nacht jemanden umzubringen und gleichzeitig eine solch umfangreiche Stickerei anzufertigen, aber konnte es nicht dennoch so geschehen sein?

Außerdem war sich Margarete unsicher, wann genau sie die Leichentücher bestickt hatte. Vielleicht tat sie dies ja bereits vor den Morden. Sie wusste doch nicht, wie lange sie schon schlafwandelte. Kirsten jedoch wischte ihren Einwand beiseite und suchte weiterhin nach Gründen, die Unschuld Margaretes zu bekräftigen.

»Du hast auch kein eigenes Auto. Erklär mir doch bitte mal, wie du innerhalb einer Nacht von Bischofswerda nach Frankfurt am Main und wieder zurückkommst. Wenn du also nicht irgendwo einen Privatjet versteckt hast, kann ich mir das nicht erklären. Nein, Herzchen, hier stimmt was nicht in deinem Denken.

Das sind locker fünfhundert Kilometer, und die Fahrt dauert selbst bei staufreier Autobahn ohne Pause knapp sechs Stunden. Nur eine Strecke, wohlgemerkt, denn die Rückfahrt darfst du nämlich nicht vergessen. Und dann willst du den Mann in Frankfurt getötet haben, um dann morgens pünktlich wieder zu Hause zu sein?

Selbst mit dem Flugzeug, solltest du einen Linienflug genommen haben, wird das zeitlich gesehen sehr eng. Über die Deutsche Bahn reden wir gar nicht erst. Allein der Gedanke ist lächerlich! Und müsste, wenn das so passiert ist, nicht irgendwo in deinem Haus ein Ticket herumliegen?

Herzchen, du hörst mir jetzt gut zu. Du warst definitiv nicht die Mörderin! Du bist bis zum Donnerstag noch tagsüber arbeiten gegangen, oder nicht? Mag sein, dass du nachts draußen im Wald rumläufst und dann auf deinen Spitzboden gehst, um zu sticken, aber du hast mit Sicherheit keinen der Männer umgebracht.«

Kirsten meinte es gut. Die letzten Zweifel konnte sie allerdings nicht ausräumen. Betreten schaute sie auf den Boden, als Margarete sie mit ihrer eigenen Erzählung über den Aventurin und die nicht ruhen könnende Seele konfrontierte. Danach holte sie tief Luft und antwortete: »Ja, das stimmt. Ich sagte das, weil ich nun mal davon gehört habe. Aber das beweist uns noch lange nicht, dass es bei deinem Stein auch so ist. Es kann ebenso gut auch purer Zufall sein. Ich bin doch keine Geologin, herrje! Ich kenne mich nicht einmal besonders gut mit Esoterik aus. Wer zum Geier soll denn in dich gefahren sein, hm?«

»Keine Ahnung, Kirsten, aber denkst du nicht, dass …«

»Nein. Einfach nein! Punkt! Mach dich bitte nicht so verrückt, Herzchen. Wir beide trinken jetzt einen Likör. Wo steht der leckere Erdbeerschnaps, den du vor ein paar Wochen auf dem Mittelaltermarkt gekauft hast? Ich glaube, wir brauchen dringend einen guten Schluck aus der Keltenküche.«

Margarete zeigte auf den Vorratsschrank und stand auf, um aus ihrem Wohnzimmer zwei Likörgläser zu holen. Diese stammten, wie das schnell gefüllte Konfektschälchen auch, noch aus dem Haushalt ihrer Großmutter. Es handelte sich um sehr altes Kristall aus Böhmen, in Gold und Purpurrot gehalten und in einem besonders schönen Muster graviert. Zu ihrem Leidwesen war eines dieser wertvollen Gläser vor vielen Jahren beim Abwaschen zersprungen, weshalb Margarete die Verbliebenen umso mehr hütete wie einen Schatz und nur noch selten benutzte.

Die heutigen Ereignisse schienen ihr jedoch Grund und Anlass genug zu sein, ihre Erbstücke aus der Vitrine zu nehmen. Erst recht, da Kirsten wie selbstverständlich die Führung übernahm und Margarete keine Chance ließ, zu protestieren. Tatsächlich ging es ihr nach dem ersten Schluck ein wenig besser. Auch als ihre Freundin sich einige Zeit später verabschiedete, fühlte sie noch so etwas wie Optimismus.

Nach der unruhigen Nacht aber war dieser verraucht, und das Elendsgefühl machte sich breit wie eine trübe Brühe aus Schlamm und fauligem Wasser. Margarete wusste, dass Kirsten in einer halben Stunde bei ihr sein würde, zusammen mit ihrem Mann. Dann wollten sie gemeinsam das weitere Vorgehen besprechen. Unter Umständen, so sagte Kirsten, wollte sie sogar zur Polizei mitkommen.

»Ich lasse dich damit nicht alleine!« Das hatte sie ausdrücklich erklärt. Es war der Satz, an den Margarete sich verzweifelt klammerte.

Auch Alfred Ullrich erklärte gerade etwas, und zwar die Entstehung seiner privaten Chronik gegenüber Kommissar Stark. Dieser stand überraschend vor der Tür und lächelte verlegen, als er ihn erkannte.

»Oh, Sie sind das? Dann möchte ich mich gleich noch einmal entschuldigen, dass ich Sie neulich angerempelt habe. Ich hatte es sehr eilig.«

»Das sagen Sie lieber meiner Frau«, entgegnete Alfred mit spitzbübischem Grinsen im Gesicht. »Schließlich war es ihre Handtasche.«

Stark nickte mit dem Kopf und bat, kurz eintreten zu dürfen.

Nun saß er in einer blitzsauberen Wohnstube und ließ sich von Alfred erläutern, wie es zu der Chronik und der darin verzeichneten Geschichte um Grete Böttcher kam.

»Sie müssen verstehen, Herr Kommissar, dass ich diese Legende als regionales Beispiel für die inquisitorischen Maßnahmen im 16. Jahrhundert benutzt habe. Zu diesem Zeitpunkt galt die Kirche als vorherrschende Macht im Kurfürstentum Sachsen. Erst im Jahr 1581 änderte sich das, wenngleich auch dahingehend, dass die Reformation endgültig Einzug hielt. Das frühere Bistum zu Meißen bekam nach der Resignation des Bischofs Johann IX. von Haugwitz und der administratorischen Einsetzung des Kurfürsten von Sachsen eine neue Führung.

Was nun den apostolischen Präfekten Johann Leisentrit betrifft, kann ich Ihnen mitteilen, dass dieser bereits im Jahr 1559 als Dekan des Bautzener Kollegialstifts St. Peter wirkte. Ihm wurde seitens des Bischofs das Amt eines kirchlichen Generalkommissars für die Ober- und die Niederlausitz zugewiesen. Diese Gebiete blieben trotz der sonstigen Veränderungen streng katholisch.

Jedenfalls übernahm Leisentrit durch einen päpstlichen Erlass lange vor dem Kurfürsten, nämlich bereits im Jahr 1567, die Administration des Bistums. Unter seiner Leitung geriet auch Bischofswerda, damals nur Werda, in den Fokus der Hexenjagd. Vertreten durch den Pfarrer Kleinhans und mit dem päpstlichen Segen ließ er alle Frauen bespitzeln, die sich eventuell der schwarzen Magie hingaben.

Was dabei herauskam, war die Hinrichtung von Grete Böttcher. Ob es weitere Verbrennungen gab, kann ich nicht mit Sicherheit sagen. Es existieren nur noch wenige öffentlich zugängliche Aufzeichnungen aus dieser Zeit. Soweit ich das beurteilen kann, überlebte aber ihre Tochter. Es wäre somit durchaus denkbar, dass auch heute noch Nachkommen existieren.«

Stark hatte bis dahin schweigend zugehört. Dieser unerwartete Exkurs in die sächsische Geschichte beeindruckte ihn, zumal Alfred Ullrich offenbar sehr gut über die Geschehnisse informiert war.

»Über die Namen der anderen beteiligten Personen ist mir leider nichts bekannt«, fuhr dieser fort. »Ich habe mich jedoch speziell bei den angegebenen Berufen der Toten gewundert. Schauen Sie, damals gab es einen Medikus und heute gibt es einen Heilpraktiker. Gleiches gilt für den Stadtschulzen Hinrich und sein jetziges Pendant. Finden Sie das nicht auch merkwürdig?

Mal abgesehen davon, dass sich die Nachnamen verblüffend ähneln, bin ich wirklich geneigt, das nicht als puren Zufall zu betrachten.«

Hier wurde Alfred durch seine Frau unterbrochen, die ihm beruhigend die Hand auf die Schulter legte. Christel wollte damit verhindern, dass er sich noch mehr aufregte.

»Schatz, atme mal kurz durch und lass den Polizisten zu Wort kommen«, flüsterte sie ihm ins Ohr.

Tatsächlich hatte Stark ein paar Fragen, die weniger den möglichen Nachfahren von Grete Böttcher, dafür aber Alfreds früheren Schülern galten. So wollte er wissen, ob es darunter jemanden gab, der für diese Legende erhöhtes Interesse zeigte. Doch das wurde von Alfred verneint.

»Das Thema wurde in den Polytechnischen Oberschulen gemeinhin in der siebenten, spätestens aber in der achten Klasse durchgenommen. In der EOS habe ich das Mittelalter zur Auffrischung und zur Vertiefung dieser Kenntnisse stets zu Beginn der neunten Klasse behandelt.

Ich muss Ihnen sicher nicht sagen, wie Jugendliche in diesem Alter gestrickt sind. Den Meisten dürfte es langweilig vorgekommen sein. Genau deshalb griff ich ja auf die Legende zurück, um den Unterricht etwas anschaulicher und interessanter gestalten zu können. Auf diese Art hoffte ich, dass sich meine Schützlinge das Szenario besser einprägen.«

»Aber es hat sich keiner besonders hervorgetan, richtig? Weder damals noch nach den betreffenden Unterrichtsstunden, zum Beispiel bei Klassentreffen oder ähnlichen Zusammenkünften?«, hakte Stark noch einmal nach.

»Nicht, dass ich wüsste! Ab und zu sehe ich ehemalige Schüler in der Stadt, und wir unterhalten uns dann auch über verschiedene Dinge. Erst kürzlich hat mich ein früherer Abiturient angesprochen. Er arbeitet jetzt als Orthopäde in der Universitätsklinik Dresden. Da ging es aber um meinen krummen Buckel«, entgegnete Alfred versonnen, woraufhin Stark verständnisvoll nickte.

»In Ordnung, Herr Ullrich, belassen wir es für heute dabei. Ich danke Ihnen für die nochmalige Aussage und hoffe, ich habe Sie nicht von etwas Wichtigem abgehalten.«

»Ach, Herr Kommissar, was glauben Sie denn, was in unserem Alter noch so Dringendes passiert?«

Das Ehepaar Ullrich lachte herzlich, und Stark tat es ihnen gleich. Indem er sich nochmals für den überfallartigen Rempler vor dem Bautzener Revier entschuldigte, verließ er ihr Haus. Zwar hatte ihm diese Befragung keine neuen Erkenntnisse verschafft, dafür aber eine gute Tasse Kaffee und eine wirklich nette Unterhaltung.

Als er sich in sein Auto setzte, um noch einmal nach Hainewalde zu fahren, läutete sein Telefon. Es war Leon Wankowski, der mit erregter Stimme rief: »Chef? Planänderung! Soeben hat sich eine Frau aus Bischofswerda selbst angezeigt. Wir treffen uns in der Dienststelle Bautzen. Ich bin schon auf dem Weg.«

»Ich auch!«, erwiderte Stark und startete den Motor. Nur eine Sekunde lang durchzuckte ihn der Gedanke an Margitta. Ob sie wohl auch heute im Dienst war? Dann gab er Gas.

Keine zwanzig Minuten danach traf Wankowski in der Taucherstraße ein und eilte, nachdem er einen günstigen Parkplatz fand, ins Revier. Das ihm zugewiesene Zimmer lag links neben dem Empfangstresen. Gleich darauf gesellte sich auch Stark zu ihm, ebenfalls in höchst gespannter Erwartung.

»Was wissen wir über die Dame?«, fragte er.

»Noch nicht viel, um ehrlich zu sein. Sie wird uns aber gleich Auskunft erteilen.«

Leon schaute auf die Uhr und fügte hinzu: »Um zehn Uhr sollte sie hier sein.«

Kapitel 22

Aussagen

»Was für ein Tag! Was für ein wundervoller, herrlicher, schöner Tag! Siehst du, sie haben dich nicht ins Gefängnis gesteckt. Ich wusste es, ich wusste es von Anfang an!«, jubelte Kirsten während der gesamten Heimfahrt. Sie saß mit Margarete auf den hinteren Sitzen, während ihr Mann das Auto lenkte. Die beiden Frauen sahen sich nicht als fahrtüchtig, nicht nach dem Spektakel der letzten Stunden.

Was Kirsten da als wundervoll und herrlich bezeichnete, begann damit, dass Margarete sich nach dem Aufstehen gleich mehrfach übergab und noch nicht fertig angezogen war.

»Jetzt wird es aber Zeit, Herzchen.«

»Tut mir leid«, erwiderte Margarete erschöpft und holte sich ein frisches Shirt.

Indessen zögerte Andreas keine Sekunde, als er von den nächtlichen Stickereien hörte und die dazugehörigen Tücher sah. Noch weniger wollte er warten, da sich Margarete offensichtlich schlecht mit ihrer Vermutung fühlte. Demnach raffte er kurzerhand die Leinenstoffe vom Küchenboden zusammen, stopfte sie in eine Einkaufstasche und sagte: »Ich ziehe mich noch kurz um. In zehn Minuten fahren wir los. Nimm deinen Ausweis mit.«

Zu Kirsten gewandt sprach er: »Ruf da an, dass wir kommen, und sag auch gleich, *warum* wir kommen.«

Also wählte Kirsten die Nummer und übergab nach kurzer Erklärung den Hörer an Margarete. Stotternd und schwer atmend berichtete diese, dass sie wahrscheinlich etwas mit den Morden zu tun habe. Natürlich lud man sie auf der Stelle vor.

Der Beamte, der sie in den Verhörraum brachte, wirkte streng und bissig. Er griff sie am Arm, fast ein wenig zu hart, und übergab sie dort an zwei Polizisten in Zivilkleidung. Umso freundlicher nahm der Jüngere der beiden Margarete in Empfang, bot ihr einen Stuhl an und fragte, ob er ihr ein Glas Wasser anbieten dürfte. Dabei blickte er sie fortwährend mit leuchtenden Augen an, als würde er sie persönlich kennen.

»Dann erzählen Sie mal, junge Frau. Was führt Sie her?«, mischte sich der Ältere ein, der sich als Kriminaloberkommissar Herbert Stark vorgestellt hatte.

Margarete versuchte, den Ermittlern ihre prekäre Lage zu erklären, doch es gelang ihr nicht gleich. Sie musste erst nach den richtigen Worten suchen.

»Ich habe … Nein, das ist falsch. Ich *hatte* bis vor einigen Tagen ein massives gesundheitliches Problem. Deswegen war ich auch bei einem Allgemeinarzt und im Anschluss bei einem Neurologen. Darüber hinaus habe ich festgestellt, dass ich schlafwandle. Herr Müller hier,«, sie zeigte auf Andreas, »kann das bestätigen.«

»Sie sagten aber am Telefon, dass Sie etwas mit der Mordreihe zu tun hätten. Würden Sie mir also bitte erläutern, wie Sie darauf kommen?«, fragte Stark.

»Nun ja, es ist wohl so, dass ich Leichentücher mit den Namen der Opfer und ihrem Todesdatum bestickt habe. Nur habe ich keine Ahnung, wann oder wie ich das gemacht habe. Schauen Sie, ich hab die Tücher mitgebracht.«

Eines nach dem anderen wurde den Polizisten gezeigt.

»Und jetzt glaube ich, dass ich vielleicht auch …« Margarete begann, herzzerreißend zu schluchzen. Das alles überforderte sie so sehr, dass Kirsten einspringen musste.

»Sie glaubt, dass sie die Männer umgebracht hat. Das kann aber nicht sein.«

»Warum nicht?«, wollte Wankowski wissen.

»Wie kann sie einen Mord begehen und gleichzeitig von meinem Mann vor ihrem Haus gesehen werden? In der Zeitung stand, dass die Opfer in jeweils aufeinanderfolgenden Nächten gestorben sind. Außerdem hat ein Toter in Frankfurt am Main gelebt und sie hat nicht einmal ein eigenes Fahrzeug. Es ist also unmöglich, dass Margarete dafür verantwortlich ist«, ereiferte sich Kirsten.

Die beiden Herren schmunzelten. So etwas kam auch nicht alle Tage vor.

»Jetzt beruhigen Sie sich erst mal. Wir nehmen Ihre Nachbarin nicht fest. Ich hätte nur gern Ihre Aussagen einzeln aufgenommen. Da Sie schon mal zu dritt hier sind, bitte ich Sie, Frau Windrich nach draußen zu begleiten. Wir fangen mit Ihrem Mann an.«

So geschah es dann, dass sowohl das Ehepaar Müller als auch Margarete lediglich befragt wurden. Im Anschluss daran entließ Stark sie wieder, sehr zu Kirstens Erleichterung. Als sie das Revier verließen, stieß sie Margarete mit dem Ellenbogen an.

»Sag mal, ist dir aufgefallen, dass dieser Kommissar Wankowski dich dauernd angelächelt hat?«

»Hat er das?«

»Ja. Der war echt schnuckelig. Kennst du ihn?«

Margarete überlegte kurz und antwortete dann: »Ich glaube, ich habe ihn schon mal gesehen. Das war an dem Tag, wo mich der Blitzer erwischt hat. Der Mann stand mit seinem Auto vor der Pension.«

»Soso. Gut, zu wissen. Merk dir schon mal den Namen. Wie hieß er noch, Leon Wankowski?«, fragte Kirsten kichernd.

»Hör doch damit auf, Frau. Du musst hier nicht die Kuppelmutter spielen. Margarete weiß schon, was sie will und was nicht!«, mischte ihr Mann sich ein. »Und jetzt ab ins Auto, ich muss nachher zum Dienst!«

Unterdessen stand Stark unschlüssig im Gang der Polizeidienststelle. Er wandte den Kopf zum Ende, wo Margittas Büro lag. Ihre Tür stand halb offen, und er hörte, wie sie gerade mit jemandem telefonierte.

»Ich fahre jetzt noch einmal nach Hainewalde. Kommst du mit?«, sprach Wankowski ihn an.

»Nein, Leon, ich muss erst noch etwas erledigen. Ich hab da … Warte nicht auf mich. Ich rufe dich später an.«

Wankowski nickte und verschwand.

Nur vier oder fünf Schritte, die Herbert Stark unendlich schwerfielen. Selbst den Arm zu erheben und an der Tür zu klopfen, schien ihm wie ein gewaltiger Kraftakt. Doch dann riss er sich zusammen und tat es.

»Darf ich Sie kurz stören, Frau Albrecht?«

»Aber ja, kommen Sie bitte herein«, antwortete Margitta höflich.

Das Erste, was er ihr überreichte, war ein Bild aus seiner Jugendzeit. Darauf waren er und Erika zu sehen, eng umschlungen. Noch heute trug er es in seiner Brieftasche mit sich, und dort würde es auch für immer bleiben …

Kapitel 23

Seelenfrieden

Margarete und Kirsten hatten sich am Nachmittag zu einem gemeinsamen Waldspaziergang verabredet. Den zerbrochenen Aventurin nahm Margarete mit. Sie wollte ihn dort ablegen, wo sie ihn vor ein paar Wochen fand, an den Katzensteinen. Irgendetwas sagte ihr, dass es so das Beste wäre.

Während sie sich zu dem kleinen Felsvorsprung hinunterbeugte und den Stein darunter platzierte, war es ihr, als hörte sie eine Stimme flüstern:

»Ich danke dir, mein Kind!«

Sie fuhr herum und fragte Kirsten: »Wofür?«

»Wofür was? Ich hab nichts gesagt!«, entgegnete Kirsten überrascht.

»Schon gut.«

Inzwischen war Margarete es schon fast gewohnt, dass sich in ihrem Umfeld merkwürdige Dinge ereigneten.

Daheim erwartete sie eine große Überraschung. Andreas hatte nämlich draußen am Gartentor ihr neues Namensschild angebracht. Nun präsentierte er voller Stolz sein Werk.

»Na? Wie findest du es? Auf Kirschbaumholz geschnitzt und schön lackiert, extra für die Dame mit Geschmack! Sieht doch toll aus, oder? Ich weiß ja nicht, ob es mit dir und dem jungen Kommissar was wird, aber im Zweifelsfall wäre darauf sogar noch Platz für einen zweiten Namen«, meinte er grinsend.

Margarete jedoch wehrte ab.

»Oh nein, denk nicht einmal daran! Hier steht auch in der nächsten Zeit nur *ein* Name, und der lautet Margarete Böttcher!«

Herbert Stark saß seinerseits nach Wochen der Außentätigkeit wieder in seinem Büro. Der erste Anruf galt seiner Tochter, die so unversehens in sein Leben trat. Er verabredete sich mit ihr für das nächstfolgende Wochenende zum Kaffee und einem anschließenden Spaziergang an der Brühlschen Terrasse. Dort ging er einst auch mit Erika gern hin. Es gab sogar noch eine alte Linde, in der er ihrer beider Anfangsbuchstaben geschnitzt hatte. Diesen Baum wollte er seinem Kind zeigen.

Darüber hinaus gab es noch etwas sehr Gutes zu berichten. Sein Laborbefund war angekommen und besagte, dass er nicht an einem bösartigen Magenkarzinom litt. Es handelte sich demnach nur um eine vernarbte Geschwulst, die bei einer minimal-invasiven Operation rückstandslos entfernt werden sollte. Niemand war glücklicher als Stark, als er dies las.

Im Anschluss an das Telefonat wandte er sich der Arbeit zu. Vor ihm auf dem Schreibtisch lag der dicke Ordner, aufgrund dessen er sein Kind überhaupt kennenlernte. Entgegen seinen sonstigen Erfolgen musste er den Fall »Selbstentzündung BIW« ungeklärt abschließen, und das schon nach wenigen Wochen intensiver Arbeit. Dennoch war Stark nicht unzufrieden mit dem Ergebnis der Ermittlungen.

Auf welcher Gesetzesgrundlage wollte er die Frau denn auch in polizeilichen Gewahrsam nehmen? Es gab kein rechtliches Verbot für das Sticken von Namen auf Leichentücher, und demzufolge konnte auch kein Strafmaß festgelegt werden. Eine tätliche Handlung, die bei den sechs Opfern zum Tod führte, konnte er ihr ebenfalls nicht nachweisen. Margarete Böttcher, vormals Windrich, kannte keinen der Verstorbenen persönlich. Sie war ihnen vermutlich sogar niemals begegnet und allein zeitlich nicht in der Lage, die Morde zu begehen.

Ohnehin schien ihm das Ganze ziemlich mysteriös. Unbeweisbare Legenden, Flüche und die sich rächende Nachfahrin einer im 16. Jahrhundert verbrannten Hexe? Bei allem Respekt für den ehemaligen Geschichtslehrer Alfred Ullrich, der mit so viel Liebe und Hingabe seine private Bischofswerdaer Chronik führte, aber damit würde sich der Staatsanwalt ganz sicher nicht befassen.

Teufel noch eins, Stark konnte diesen Mumpitz ja selbst kaum glauben! Im Gegenteil hätte er auf der Stelle jeden für unzurechnungsfähig erklärt, der auf einer solch wackligen Basis ein Verfahren in Erwägung zog. Auch wenn die Verdächtigte selbst davon überzeugt war, kurzzeitig von der Seele einer Frau aus dem Mittelalter besessen gewesen zu sein, bestand seine Arbeit immer noch aus der Beschaffung von wasserdichten Fakten! Okkulter Aberglaube gehörte nicht zu seiner Art der Beweisführung, und Esoterik ebenfalls nicht.

Das Einzige, was ihn leidlich mit der vertrackten Angelegenheit aussöhnte, war die Tatsache, dass alle Verstorbenen schon im Vorfeld reichlich Dreck am Stecken hatten. Ihre kriminelle Vergangenheit einte sie ebenso wie die Art ihres Ablebens. In absehbarer Zeit hätten deren Straftaten mit Sicherheit zu einer Verurteilung vor Gericht geführt. Das betraf im Besonderen auf das sechste Opfer Adrian Leisentrit aus Hainewalde zu. Seine bedauernswerte Gattin, nunmehr auch seine Witwe, hatte sich im Zuge der Ermittlungen endlich entschlossen, die wahre Herkunft ihrer Blessuren aufzudecken.

Es fehlte nur noch dessen Obduktionsformular in der Akte. Richard hatte es ihm persönlich gebracht, wenn auch mit ein paar Tagen Verspätung, und die halb ernst, halb spaßig gemeinte Standpauke mit gewohnt unbeeindrucktem Gesichtsausdruck über sich ergehen lassen. Soll heißen, er nahm es zur Kenntnis – mehr aber auch nicht. Statt einer Entschuldigung erinnerte er

Stark daran, dass auch Rechtsmediziner mal in den Urlaub fahren dürfen.

So legte Kriminaloberkommissar Herbert Stark nun den finalen Bericht zu den anderen Dokumenten. Er wollte den Ordner gerade schließen, als ihm ein Klebezettel auf der Rückseite des Formulares auffiel, der ihn zum Lächeln brachte. Darauf stand in der akkuraten Handschrift seines Freundes:

Tod durch Kreuzstich!

ENDE

Hauptfiguren im Buch

Anno 1578:

Grete Böttcher – Kräuterfrau und vermeintliche Hexe
Irmgard – ihre Tochter
Jockel – ihr Bruder
Matthes Horn – Folterknecht
Ilse – dessen Weib
Johann Leisentrit – Apostolischer Präfekt zu Meißen
Hinrich – Stadtschulze von Werda
Kleinhans – katholischer Pfarrer

Im Jahr 2018:

Margarete Windrich, geborene Böttcher
Alfred Ullrich – Geschichtslehrer der früheren EOS
Christel – seine Ehefrau
Andreas Müller – Nachbar
Kirsten Müller – seine Ehefrau

Herbert Stark – Kriminaloberkommissar
Leon Wankowski – sein Partner
Dr. Richard Holtke – Gerichtsmediziner

Die Opfer

Matthias Ritter aus Bischofswerda
André Kleinhans aus Dresden
Holger Hinrich aus Großharthau
Torsten Hauptmann aus Ottendorf-Okrilla
Christian Augenthaler aus Frankfurt am Main
Adrian Leisentrit aus Hainewalde

LEGIONARION

Uta Pfützner
Odins jüngster Sohn
Das Schiff

ISBN: 978-3-96937-023-0

Nordische Mythologie trifft auf Moderne
Der Umzug nach Oslo eröffnet Dominik völlig neue Welten. Er kommt nicht nur der Möglichkeit näher, Schiffe zu bauen, sondern zieht auch die Blicke einer jungen Frau auf sich, die ihn fasziniert. Durch sie lernt er eine Gemeinschaft kennen, die in ihrer Freizeit ein Leben nach altem Brauch der Wikinger führt. Sein geheimnisvoller Tutor Asbjörn spielt dort eine große Rolle.
Das kleine Dorf, von seinen Bewohnern Upsala genannt, zieht Dominik immer tiefer in seinen Bann. Hinter den rituellen Gepflogenheiten scheint mehr zu stecken, als nur die nordische Tradition. Dominik wird von besonderen Träumen überrascht, die sich zunehmend verstärken, realer werden und den jungen Mann verunsichern.
Spielt seine Fantasie verrückt oder bergen die Menschen in Upsala ein großes Geheimnis?

Uta Pfützner
Odins jüngster Sohn
Das Schwert

ISBN: 978-3-96937-068-1

Nachdem sein Vater sich mit einem Brief verabschiedet hat, bleiben letzte Zweifel bei Dominik. Er weiß, dass er seinen Wurzeln nicht entfliehen kann. Er will es auch gar nicht mehr. Dennoch fühlt sich Dominik seltsam verlassen. Seine Verlobte Helke, aber auch Ella, Jörund und die Freunde aus Upsala bleiben treu an seiner Seite. Bis es zu einem von Loki herbeigeführten Zwischenfall kommt, der das fast gemütliche Leben erneut in aufregende Bahnen lenkt und Dominik in Angst und Schrecken versetzt.
Der hinterlistige Gott kann seine erste Niederlage nicht verkraften und nutzt die Gier einer mit allen Wassern gewaschenen Frau. Er trifft damit den jüngsten Sohn Odins dort, wo es ihn am meisten schmerzt. Kann der Allvater das drohende Unheil verhindern?

Uta Pfützner
Odins jüngster Sohn
Das Amulett

ISBN: 978-3-96937-078-0

Dominiks Söhne könnten auch Vierlinge sein, so ähnlich sind sie sich. Es sind nicht nur die äußeren Merkmale. Auch charakterlich scheinen Jöran, Ingmar, Erik und Odal eines Sinnes zu sein. Mit ihren Streichen und ihrem unerschütterlichen Zusammenhalt rauben sie sowohl Dominik als auch Helke bisweilen den letzten Nerv. Als Kinder schließen die Jungen einen Pakt, bei dem sie sich schwören, dass niemals etwas zwischen sie kommt. Doch das ändert sich, als Jöran die etwas ältere Rena kennenlernt und durch sie in zwielichtige Kreise gerät. Dominiks Welt gerät endgültig aus den Fugen. Wird seines Vaters Vermächtnis ihm in der Not helfen?

Uta Pfützner
Die Hüterin der Adler

ISBN: 978-3-96937-092-6

Julia lernt in den Sommerferien bei ihrer Babja in Sibirien viel über Natur und Tierwelt. Besonders die Riesenseeadler haben es ihr angetan. Viele Jahre später widmet Julia ihr Leben der Arterhaltung dieser majestätischen Vögel, nicht ahnend, dass sie damit selbst in große Gefahr gerät. Finstere Mächte versuchen, Julia und ihr kleines Refugium zu zerstören. Im Zentrum dieses dunklen Nebels scheint Viktor zu stehen, den Julia von früher kennt.
Als sie einen schwer verletzten Adler findet und in ihre Obhut nimmt, eröffnen sich ihr nie geahnte Geheimnisse, die auch ihre Tochter Erina betreffen.

Sibirien und seine Geheimnisse.
Mit der Hilfe majestätischer Seeadler trotzt Julia jeder Gefahr.

Uta Pfützner
Gefangen in Lucantajo

ISBN: 978-3-96937-098-8

Liane hat die Nase voll von ihrem bisherigen Leben. Ihr Ehemann ist ein selbstzufriedener Mensch, der sie nicht ernst nimmt und beständig kritisiert. Mit ihrem Chef kommt sie noch weniger zurecht. Eines Tages beschließt sie, diesem Chaos zu entfliehen, um einen Neuanfang zu wagen. Ihr Weg führt sie nach Peru, wo ihre Firma eine neue Zweigstelle eröffnen möchte. Dort bekommt Liane es mit der einflussreichen Mahagoni-Lobby zu tun. Der skrupellose Inhaber der Mahag-Company hat es besonders auf den Waldbestand eines Reservates abgesehen, in dem ein indigener Volksstamm lebt. Doch dieses Reservat birgt ein Geheimnis, mit dem Liane niemals gerechnet hätte.

M. L. von Burgberg
Ragdim
Das Geheimnis der Wächter

ISBN: 978-3-96937-084-1

Der Namenlose ist zurückgekehrt. Nach einem Jahrzehnt der Ruhe zieht er erneut mordend und brandschatzend durch das Königreich Kilây.
Garven Abalain, der ihm in jungen Jahren den Tod geschworen hat, wird durch seine militärischen Pflichten und ein Verbot der Tempelgemeinschaft gebunden – seine Jagd nach dem Namenlosen scheint aussichtslos.
Der einzige Mann, der die öffentliche Verfolgung veranlassen könnte, stellt Garven vor eine harte Loyalitätsprüfung: Eine junge Frau aus dem Randbezirk als Mätresse gefügig zu machen oder ihre Eltern zu ermorden.

LiSa U. Fantasy
Die Fraktionen
Naturale

ISBN: 978-3-96937-090-2

Anira und Tamon gehen ihren Leben aus unterschiedlichen Gründen aus dem Weg. Anira hat gelernt, sich aus Angst vor ihren Gaben zu verstecken. Tamon hat von den Regeln seiner Fraktion, den Naturalen, die Nase voll und meidet sie. Sie entdecken eine Bedrohung, die weit über das Leben eines Einzelnen hinaus geht. Um den Splitter, ihre Heimat, zu retten müssen sie sich nicht nur ihren Ängsten stellen, sondern auch den Gefahren tief in der Wildnis begegnen.